クローンドッグ

今西乃子

目次　クローンドッグ

プロローグ　さんりんぼう

「さんりんぼう」という言葉がある。

さんりんぼうの日に家を建てると、となり三軒《さんげん》が火事で亡《ほろ》びるという言い伝えからきた言葉らしい。

簡単《かんたん》に言えば、よくないことが起こる大凶《だいきょう》の日のこと。

この難《むずか》しい言葉を、小学校五年生のぼくがひんぱんに使うようになったのは、「いやなことが起こると、あとふたつ、いやなことが起こる」というジンクスと掛《か》け合《あ》わせていたからだ。

いやなことが起こる日は、ひとつだけではなく三つは起こる大凶《だいきょう》の日。そん

な日をぼくはさんりんぼうという言葉で、軽く受け流すことにした。

逆《ぎゃく》に考えれば、三つのやっかい事をがまんして目をつむったら、もうこれ以上、いやなことは起こらないという「おまじない」。

そうすることで、その日の残り時間は安心して過《す》ごすことができたのだ。今日はまさに、そのさんりんぼうの一日だった。


出だしは、好調だった。

夏休み直前の朝ということもあり、ぼくはいつになくさわやかに目が覚めた。雲ひとつない夏の空を見上げたぼくは、今日は何事もなく過《す》ごせる予感に包まれていた。

学校までの足取りも好調だ。しかし、油断《ゆだん》は禁物《きんもつ》。

昇降口《しょうこうぐち》に入ったぼくは、素早《すばや》くあたりを見回して、クラスの中でいちばんきらいな野崎勇輝《のざきゆうき》のげた箱を確認《かくにん》した。げた箱の中には上履《うわば》きではなく、すでにスニーカーがあった。もう登校している証拠《しょうこ》だ。

上履《うわば》きに履《は》き替《か》えたぼくは、いっしゅん迷《まよ》ったが、ぬいだ自分のスニーカーをげた箱の中に入れることにした。

迷《まよ》ったのは、くつを入れないで教室まで持っていくかどうか考えたからだ。ぼくのくつは、このげた箱からよく消える。

クラスの悪ガキ大将《だいしょう》の勇輝とその一味が、ここでぬいだスニーカーを、どこかへ隠《かく》してしまうのだ。くつがなくなったと、ぼくが先生に言いに行くと、いつのまにか、くつはげた箱に元通りにもどっている。そんなことが数えきれないほどあった。

しかし、何度か同じことをされるうちに、スニーカーが消えるのは、勇輝よりぼくが早く学校に来ているときだということに気づいた。だから、今日はだいじょうぶということになる。

ぼくはげた箱にスニーカーを入れて目を閉《と》じ、心の中で「よし!」と気合いを入れた。

今日はさんりんぼうの日にならないよう、何もやっかい事が起こらないようにと、お祈《いの》りをしたのだ。


ところが、このお祈《いの》りはまったく効《き》き目《め》がなく、さんりんぼうのやっかい事は、二時間目の体育の時間から始まった。

その日は、チームごとの短距離《たんきょり》リレーが行われたが、第三走者のぼくはバトンを落としたうえに、こけた。それまでぼくのチームはトップで走っていたのに、ぼくからは巻《ま》き返《かえ》せず、遅《おく》れに遅《おく》れて最下位。

これが、ひとつ目。

チームのみんなは当然、不愉快《ふゆかい》だという態度《たいど》をぼくに示《しめ》した。情《なさ》けなかった。
さらにみじめだったのは、その様子をだれよりも愉快《ゆかい》そうに勇輝《ゆうき》が見ていたことだ。

勇輝とは運が悪いことに、小学校一年生からずっと同じクラスで、なぜかぼくばかりをバカにして目の敵《かたき》にする。

それから、リレーが終わって校舎《こうしゃ》にもどると、げた箱の上履《うわば》きが片方《かたほう》消えていた。うかつだった。いつも消えるのはスニーカーなので、上履《うわば》きが消えるとは考えていなかった。

「何かお探《さが》しですか？　田川航《たがわわたる》君！」

勇輝はぼくに向かってそう言うと、片《かた》っぽの上履《うわば》きをぶらぶらと振《ふ》り回《まわ》して、廊下《ろうか》のおくに投げた。

ぼくはくつ下のまんま、廊下《ろうか》を走って、上履《うわば》きを取りにいった。勇輝にげらげらと笑われた。

これが、ふたつ目。

勇輝《ゆうき》がどうして、ぼくばかりをいじめるのかはわからない。いつかやり返してやろうと思うが、クラスのみんなは勇輝の言いなりだから、ぼくが文句《もんく》を言っても、勇輝の味方になることは目に見えていた。

悪いのは勇輝だとわかっているのに、クラスのみんなは、正しいことを口にすることで、自分が悪者にされるのをおそれている。

そもそも勇輝のわるさは、幼稚《ようち》なからかいの延長《えんちょう》みたいなものばかりだから、担任《たんにん》の先生も、学校も取り合わない。

山ほど仕事を抱《かか》えている先生たちに、こんな小さなからかいに気を配れ、と言うほうが酷《こく》というものだろう。ぼくひとりががまんすれば、大事《おおごと》にならないですむ。

そんな自分がますます情《なさ》けなかったが、この時はそんなことを考えている場合ではなかった。最後のやっかい事が何なのかのほうが気がかりだった。

残りあとひとつ、やっかい事が何か起こる……。

でも、逆《ぎゃく》に考えれば、それが終わるともう安心していいということだ。

三つのやっかい事と引《ひ》き換《か》えに安心を得る。これが学校で無事過《す》ごすために考え出した、ぼくなりの問題解決策《かいけつさく》だった。

自分で言うのもなんだが、ぼくは勉強ができて、成績《せいせき》はかなりいい。しかし、それ以外のことはまるでダメだった。運動神経《しんけい》もまったくなく、人と話をするのが苦手で、クラスでもまったく目立たない。

親友と呼《よ》べる友達もいないぼくにとって、たよれるものはそんなまじないしかなかった。

六時間目の授業《じゅぎょう》が終わった。しかしその三つ目は、まだ起こっていなかった。

さんりんぼうの日に起こる三つのやっかい事は、ほぼ100パーセント、学校の中で起こる。

ぼくは家が好きだったし、父さんも母さんもやさしくて、家の中でいやなことなど、めったに起こったことがないからだ。だから、そろそろ最後のやっかい事に出くわしてもいいはずだった。

放課後、またげた箱の中のくつが消えていないか気になったが、くつは無事だ。どこかで勇輝《ゆうき》が待《ま》ち伏《ぶ》せしていないか、帰り道はきょろきょろしながら歩いたが、勇輝の姿《すがた》はどこにもなかった。

今日の三つ目は、何なんだ。

悪いことがないと不安になるなんて、ぼくはなんて変なやつなんだろう。

校門を出ると、地面には強い日差しが照りつけている。

「あちい……」

ぼくは汗《あせ》をぬぐいながら、三つ目のやっかい事は、この灼熱《しゃくねつ》の通学路だと思うことにした。

これで、さんりんぼうの一日は終わる。

しかし、夏の通学路の暑さがやっかい事のひとつなら、夏の間じゅうは毎日やっかい事がひとつあることになる。これはよくない。

実にくだらないことを考えながら、ランドセルを頭にのせて日差しをさえぎるよう早足で角を曲がると、前を歩く勇輝の姿《すがた》が見えた。

「ちぇっ！　これが三つ目か……」

ぼくは、くるりときびすを返し、曲がってきた角にもどって、別ルートを通ることにした。

道路ではなく原っぱの空き地を突《つ》っ切《き》れば、勇輝《ゆうき》と会わずにすむ。

もともと、この原っぱを突《つ》っ切《き》れば近道だが、夏は草がぼうぼうに生えているため、ぼくもほかのやつらも、草が枯《か》れる秋から春までしか、この近道を使わない。

何しろ、真夏にこんな原っぱを通ったら、やぶ蚊《か》に食われてかゆい思いをするか、蛇《へび》をふんづけるか、変な虫にさされるか、わかったもんじゃないからだ。

それでも、勇輝に遭遇《そうぐう》するよりは、ぼうぼうの草の中を歩くほうがましに思えた。

これで三つ目のやっかい事は終了《しゅうりょう》する。

そう思うことで、ぼくの安心は手に入るのだ。

ぼくは、足を高くあげて雑草《ざっそう》をかき分け、原っぱを突《つ》っ切《き》った。ところが、原っぱを突《つ》っ切《き》って前に進むごとに、いやな予感は大きくなっていった。

これから何か起こるのか。

予感は的中した。道路までもう少しというところでぼくが見つけたのは、ぼろぼろの段《だん》ボールだった。

おそるおそる中をのぞくと、がりがりにやせた子犬がうずくまっている。そのしゅんかん、キューンという小さい鳴き声が聞こえた。

子犬がぼくを見上げて、もう一度、キューンと小さく鳴いた。

ぼくは仕方なく、箱の中の子犬を抱《だ》き上《あ》げた。

「……？」

その子犬は、後ろ足が切られて足首から下がなかった。あまりのひどさに、ぼくは思わず目を背《そむ》けた。

（どうしよう……）

このまま子犬を置き去りにすれば、この暑さの中だ。すぐに死んでしまうだろう。

見つけてもらいやすいところに、段《だん》ボールごと移動《いどう》すればだれかが助けてくれるかもしれないが、後ろ足のない子犬をだれが助けてくれるのだろう。

警察《けいさつ》に持っていけば、飼《か》い主《ぬし》がいない子犬は、きっと保健所《ほけんじょ》から動物愛護《あいご》センターに収容《しゅうよう》されて殺処分《さつしょぶん》だ。

運がいいことにぼくの父は、動物病院を営《いとな》む獣医師《じゅういし》だ。

ぼくには、犬や猫《ねこ》のことなら、大人よりよほどたくさんの知識《ちしき》がある。

今ここでぼくが救わなければ、この子犬に未来がないことは、五年生のぼくにでもすぐに理解《りかい》できた。

決して救いたいから救うのではなかった。救わざるをえないから救う。今日の三つ目のやっかい事は、絶対《ぜったい》にこれだとぼくは思った。

さんりんぼう。

三つ終われば、そのあとは悪いことは起きない。がまんしてやり過《す》ごせばそれで終わり。しかし、この三つ目のやっかい事だけは、どうしてもやり過《す》ごすことができなかった。

1 足のない子犬

不安とあせりで、ぼくの体は暑さをまるで感じていなかった。抱《だ》き上《あ》げてから子犬は、ほとんど動かない。

胸《むね》の中でうずくまる子犬を見て、ぼくは今日の出来事をもう一度、思い出していた。

ひとつ目のやっかい事が起きた二時間目の体育の時間が、ずいぶん昔の出来事のように感じられる。

どうしようかと悩《なや》むまでもなく、たよれるのは獣医師《じゅういし》の父さんしかいない。

ぼくは早足で、自宅《じたく》のとなりにある動物病院へと向かった。

病院の待合室では、診察《しんさつ》に訪《おとず》れた飼《か》い主《ぬし》さんたちが、すでに順番を待っていた。午後の診察《しんさつ》は四時からだから、診察《しんさつ》開始まであと十五分ほどある。

ぼくは待合室にいる飼《か》い主《ぬし》さんに軽く会釈《えしゃく》をして、受付で声をかけた。

「すみません、だれかいますか？」

診察室《しんさつしつ》から母さんが出てきて「あら？」とぼくを見て、すぐにぼくの胸元《むなもと》に抱《だ》かれている子犬を見た。

「おかえりなさい。……航《わたる》、その子、どうしたの？」

子犬は抵抗《ていこう》ひとつせず、ぼくにおとなしく身を任《まか》せている。

「帰り道の空き地で見つけた。弱っていて元気がない」

母さんはあわててぼくから子犬を受け取ると、父さんのいる診察室《しんさつしつ》に運びこんだ。

ぼくも母さんの後に続いていき、子犬を拾った経緯《けいい》をふたりに説明した。

「父さん、だいじょうぶ？」

「だいじょうぶだ。心配するな」

その父さんの一言《ひとこと》で、ようやくぼくは暑いという感覚を取りもどしたようだった。気づくと汗《あせ》びっしょりになっている。ぼくは流れてきた額《ひたい》の汗《あせ》を両手でぬぐった。

子犬は、暑さと渇《かわ》きでぐったりしている。

「軽い熱中症《ねっちゅうしょう》にかかっているようだが、問題はない。これくらいならすぐ回復《かいふく》する。この暑さなのに、捨《す》てられて時間がそれほどたっていなかったのかな。それと、捨《す》てられたのがアスファルトでなく土の上で、段《だん》ボールが草に埋《う》もれて日かげになっていたことも幸《さいわ》いしたんだろう。

……問題なのは、このけがをした後ろ足だ」

父さんは言いながら、子犬の体重を量り、聴診器《ちょうしんき》を当てて、体全体を診察《しんさつ》した。

「体重は二・五キロ、生後二か月くらいだろうな。メスの柴犬《しばいぬ》だ。あと、足なんだが、これは飼《か》い主《ぬし》による虐待《ぎゃくたい》かもしれない……」

あごに手を当てて顔をしかめている父さんに、ぼくは聞き返した。

「虐待《ぎゃくたい》？」

「そう、虐待《ぎゃくたい》だ。そもそも、この犬は段《だん》ボールに入っていたんだろう？ それに、この子は見るからに純血種《じゅんけつしゅ》の柴犬《しばいぬ》の子犬だ。それなら野良犬《のらいぬ》の子ではなく、人間に飼《か》われていて、意図的に傷《きず》つけられて、捨《す》てられたという可能性《かのうせい》が高い」

「足を人間に切られたってこと？」

「まあ、そういう見方が妥当《だとう》だな。神経《しんけい》にも異常《いじょう》は見当たらないし、足を動かすこともできる。傷口《きずぐち》を見ても、生まれつきの障《しょう》がいじゃなく、何か鋭利《えいり》なものによって切られた痕《あと》だということは明らかだ。

だれがこんなひどいことをしたんだろうな……」

父さんが足をさわると、子犬はふるえながらいやがって、ぴくっぴくと後ろ足をけった。

となりにいた母さんの顔が、大きくゆがむ。

「父さん、そんなひどいことする人が、この世の中にいるの？」

「自分の子どもでも虐待《ぎゃくたい》する親はいる。弱いものをいじめることでしか、自分が優位《ゆうい》に立てない人たちなんだ」

父さんの言葉に、ぼくは思わず勇輝《ゆうき》を思い出した。でも勇輝のいやがらせは、そこまでひどくはない。幼稚《ようち》なからかい程度《ていど》だ。

「どうして、そんなひどいことができるのかな……。そんなことして優位《ゆうい》に立っても、自分がいちばんみじめなだけなのに」

「そういう人たちも、またいろいろ心に問題を抱《かか》えているんだろう」

勇輝も何か問題を抱《かか》えているのだろうか？　でも、あのがさつな勇輝に、人に言えない心の悩《なや》みなんてあるわけないと、ぼくは思った。

「それにしても、こんなひどい目にあいながら、診察台《しんさつだい》で鳴き声ひとつ立てないとは、大した子だなあ……」

父さんがなでると、子犬は体を動かして立ち上がろうとした。

「右後ろ足は、足首から切られていてない。それから……、左後ろ足は、指が全部切られているから歩けるかどうか」

父さんが子犬を抱《だ》いて後ろ足を見せながら、ぼくに足の状態《じょうたい》を説明してくれる。

「歩けるの？」

「左足に肉球が少し残っているから、その左足と前足で歩けるかなあ……、どうだろう……」

父さんは、子犬を診察台《しんさつだい》の上に手をそえて立たせてみた。子犬はぶるぶるとふるえている。

ぼくに子犬をささえるよう指示《しじ》すると、父さんは冷蔵庫《れいぞうこ》からおやつを取り出して子犬にあたえた。子犬ががつがつとおやつに食いつく。

「これだけ食欲《しょくよく》があるのなら、体力はすぐに回復《かいふく》するぞ。問題はやはりこの後ろ足だな」

言いながら父さんがまたおやつを取り出すと、子犬は不自由な後ろ足をひょっこらひょっこらと動かしながらしっぽを振《ふ》って、一歩、二歩と前に歩いた。

それを見たしゅんかん、ぼくの心は決まった。

「父さん、この犬、ぼくが飼《か》っていい?」

いつもは優柔不断《ゆうじゅうふだん》なぼくが、あまりにもはっきりと意思表示《ひょうじ》したので、父さんはおどろいた顔でぼくを見た。でもすぐに「そうだな」とうなずいた。

「ミルクが亡《な》くなって、もう一年もたつしね……」

そばでずっと子犬の様子を見ていた母さんも、ぽつりとつぶやいた。

ミルクというのは、昨年亡《な》くなった我《わ》が家《や》の愛犬のことだ。

動物病院を営《いとな》むぼくの家は、当然のように犬を飼《か》っていたが、十歳《さい》の時にミルクはガンにおかされ、二年の闘病《とうびょう》生活の末、十二歳《さい》で他界してしまった。

生まれた時からずっといっしょにいた、兄弟同然のミルクを失った悲しみは、言葉ではとても言い表せない。

愛犬の死がこれほどまでに、つらく悲しいのなら、二度と犬は飼《か》わないと両親に大泣きしながら言ったのを、ぼくは昨日のことのように覚えている。

そんなぼくの、また犬を飼《か》いたいと思う前向きな気持ちを、母さんも大切に思ってくれたのだろう。

「航《わたる》がこの子犬を飼《か》いたいのなら、わたしは賛成《さんせい》よ。亡《な》くなったミルクを思って、いつまでも悲しんでいるのはよくない。あまりにも悲しみが強いと、ミルクは天国に行けないじゃない」

母さんはぼくの肩《かた》に右手をのせると、逆《ぎゃく》の手で子犬をそっとなでた。

「ミルクが死んだ時は、悲しくて、つらくて、もう二度と犬は飼《か》いたくないと思っていたのに……」

ぼくは子犬を見つめながら、独《ひと》り言《ごと》のように言っていた。

いじめられて、傷《きず》つけられて、捨《す》てられた子犬。

ぼくが原っぱを通らなければ、きっと死んでいただろう子犬。

ぼくは子犬をそっと抱《だ》いた。

子犬からはお日さまのにおいがした。生きている命のにおいだ。

ぼくは自分の中に、不思議な力がみなぎってくるのを感じた。

さんりんぼうだなんて言って、何もせず、ただがまんしてやっかい事をやり過《す》ごしていたぼくが、初めて逃《に》げることなく向き合ったのがこの子犬だ。

ぼくは、この犬がこれからのぼくを少し変えてくれるような気がした。

そんなことを考えていると、父さんがぼくの背中《せなか》をぽんとたたきながら言った。

「問題はこれからのこの子の生活だ。命というのは、救われたら、めでたしめでたし！　終わり！　ではないんだぞ。救われた時点がスタートなんだ。ふつうの犬なら心配はないだろうが、この子はこの足だ。散歩にも工夫が必要だし、成長過程《かてい》で増《ふ》えていく体重がどう足に影響《えいきょう》するかもわからない。その覚悟《かくご》が航にはあるんだな？」

「うん、わかってる。覚悟《かくご》はあるよ。ぼくはきっと、この子を幸せにしてみせる」

ぼくを変えてくれるかもしれない子犬……。

ぼくの中に、明らかに今までとはちがう何かがあふれていた。

「チャレンジ精神《せいしん》はりっぱだが、命のチャレンジに失敗は許《ゆる》されないぞ」

「はい！」

命のチャレンジに失敗は許《ゆる》されない——。

重い言葉だ。

父さんのその言葉に、ぼくの背中《せなか》は、ものさしを入れられたようにぴんとのびた。

「そうと決まったら、その子をうちに連れていきなさい。診察《しんさつ》開始時間はとっくに過《す》ぎて、飼《か》い主《ぬし》さんたちが待っているから」

母さんにうながされ、ぼくは子犬を抱《だ》いてあわてて診察室《しんさつしつ》を出た。

診察《しんさつ》に来ていた飼《か》い主《ぬし》さんたちが、「だいじょうぶなの？」と親切に声をかけてくれる。

「足が不自由ですけど、うちで飼《か》うことにしましたから、だいじょうぶです。お待たせしてすみませんでした」

そうあいさつして、ぼくは病院を出て同じ敷地《しきち》内にある自宅《じたく》へと子犬を抱《だ》いてもどった。


リビングのエアコンのスイッチを入れてしばらくすると、子犬は少し落ちついたのか、それとも水と食べ物を得て元気を取りもどしたのか、首を鳩《はと》のようにきゅっきゅっとひねって、不思議そうにぼくの顔をじっと見た。

「もう心配いらないぞ!」

ぬれたタオルで子犬の体をふいてやると、子犬は体をよじってキューンと鳴いた。

まだ小さな子犬には、子犬独特《どくとく》のもふもふとした産毛《うぶげ》が残っている。温かくてやわらかいその茶色の毛が、窓《まど》から入る夕日を受けて、きらきらと金色にかがやく。

「生きててよかったな……。これからは、ずっとずっとぼくがいるから。ぼくが絶対《ぜったい》守ってあげるから。幸せになろうな」

子犬はじっとぼくを見て、また鳩《はと》のように首をきゅっきゅっとひねった。

ミルクの時とはまるでちがう気持ちが、ぼくの中にわき上がってくる。オスのゴールデンレトリーバーのミルクは、四十キロ以上あるりっぱな大きな犬で、ぼくより一歳《さい》年上だった。

ぼくが生まれた時には、ミルクはすでに我《わ》が家《や》の一員で、ぼくが大きなミルクにいつも守られているようだった。

でもこの子犬はまったくちがう。

ぼくは今は自分で考えて、判断《はんだん》して、行動できる。だれかを守ることだってできる年になったんだ。

(ぼくがこの子犬を救ったんじゃない、ぼくはこの子犬に救われたんだ……)

こんな気持ちは初めてのことだった。

ぼくの未来への希望をたくし、ぼくは子犬に「希《のぞみ》」と名付けた。

2 未来への希望

希《のぞみ》が我《わ》が家《や》の一員となって、二週間が過《す》ぎた。

希は不思議な犬だった。

じっと相手の様子をうかがい、自分の出方を決める。思慮《しりょ》深く、かしこく、だれに対しても、決してうなることも、ほえることも、かむこともない。しかし、人間に心を許《ゆる》しているようには見えなかった。

「希のつらい生《お》い立《た》ちがそうさせているのだろうな……。ぼくたち家族が、本当に信頼《しんらい》できる人間なのかどうかを、観察しているのかもしれないな」

父さんが教えてくれた。

「希、もう安心していいんだよ……」

ぼくは希に、毎日毎日、自分でもあきれるほど同じ言葉をかけた。そんな時、希はいつもそうするように、鳩《はと》のように首をきゅっきゅっと左右に小さく動かしてぼくを見た。

そのしぐさは、人間のぼくの気持ちを必死で理解《りかい》しようとしているようにも見える。

ぼくは希を抱《だ》いて、ゆりかごのようにその小さな体を静かにゆらした。

「ヨイヨイヨイ……、ヨイヨイヨイ……、安心のおまじない。ヨイヨイヨイ……」

そうすると希は少し安心できるのか、うつらうつら目を閉《と》じて眠《ねむ》り始《はじ》める。

このゆりかごを、ぼくは毎日、希にしてやった。

安心のおまじないが効《き》いたのか、夏休みが終わったころから、希は少し変わり始めた。

以前は観察するように、少しはなれたところからいつもぼくを見ていたのに、いつのまにかベッドの中にもぐりこんで、ぼくといっしょに寝《ね》るようになっていた。

朝はぼくの顔をぺろぺろとなめて起こす。そして秋が過《す》ぎるころには、ぼくのそばを片時《かたとき》もはなれなくなった。

学校から帰ると、不自由な後ろ足を動かして必ず玄関《げんかん》でぼくを出迎《でむか》え、しっぽをぶんぶん振《ふ》って、ぼくを見上げた。小さなその体を目いっぱい使って喜びを表現《ひょうげん》するように……。

学校でどんなに勇輝《ゆうき》にいやなことをされても、たとえそれがさんりんぼうの一日であっても、不自由な後ろ足をけって駆《か》け寄《よ》ってくる希《のぞみ》の姿《すがた》を見ると、たちまち温かなものに包まれるような気がした。

希を抱《だ》きしめて、ぼくは希の体に顔をうずめた。

希のにおい。太陽のにおい。幸せのにおい。

それからぼくはランドセルを置き、すぐ希にリードをつけて、いつもの散歩へとくりだす。


生後半年以上が過《す》ぎた希の体は体重が七・五キロになり、成犬にほぼ近い体形に出来上がっていった。

希の後ろ足は、右は足首から下、一・五センチほどが切られてなかったが、左は指だけ切られていて肉球が少し残っている。その肉球と前足を使って不自由ながらも、器用に歩けるようになった。自宅《じたく》のカーペットの上だと痛《いた》くないのか、ひょっこらひょっこらと、よく歩く。

排泄《はいせつ》も自力ででき、ふだんの生活にそれほど支障《ししょう》はなかった。ただひとつ、問題は散歩だった。

後ろ足の不自由な希《のぞみ》は、アスファルトの上を歩くと、切れた右足の骨《ほね》がこすれ、痛《いた》みが走る。くつ下をはかせたり、くつをはかせたりしようと試みたが、希は後ろ足にさわられることを異常《いじょう》なまでにいやがった。

後ろ足にぼくがふれようものなら、悲鳴をあげて泣きさけんだ。傷《きず》つけられた時のトラウマなのだろう。

悩《なや》んだぼくは、くつ下やくつの装着《そうちゃく》をあきらめて、素足《すあし》のままで希が歩ける場所を選んで散歩に行くことにした。

家から二百メートルほどのところに、大きな公園がある。アスファルトの道は希を抱《だ》いていき、公園に着くと希をおろして散歩をさせた。

（希が柴犬《しばいぬ》ではなく、大型犬の子犬としてぼくのところに来ていたら、どうだったかな……）

希を抱《だ》いて公園に向かうたび、ぼくは考えた。

体が大きければ大きいほど、足に負担《ふたん》がかかる。子犬の時には歩けても、成犬になった時に歩けなくなるかもしれない。そもそも、抱《だ》いて公園まで連れていくことなど不可能《ふかのう》だ。

「希、お前、柴犬《しばいぬ》でよかったな……」

ぼくは散歩のたびに、希にそう言っていた。

成犬になってもメスの柴犬《しばいぬ》の体重は、せいぜい九キロ。二百メートルくらいなら容易《ようい》に抱《だ》いて歩くことができる。

「さあ！　希、着いたぞ！」

ぼくが芝生《しばふ》の上に希をそっとおろすと、希はしっぽを小さく振《ふ》りながら器用に歩いた。

いろんな犬のにおいが、いろんな場所についているのだろう。くんくんといそがしそうに鼻を動かして歩き回っている。

ベンチ、砂場《すなば》のフェンス、桜《さくら》の木の根っこ……、希《のぞみ》は実に楽しそうだ。

散歩は運動だけが目的ではない。犬にとっての散歩は、大切なソーシャル・ネットワークの場所なのだ。

希はほかのどの犬に対しても、実に友好的だった。

だれに教わったわけでもないのに、強いオス犬にはころんとあおむけになっておなかを見せて服従《ふくじゅう》ポーズをとる。相手が遊びを仕掛《しか》けてきたら、上手に相手をする。初めての犬とは、口のにおい、おしりのにおいをまず相手にかがせ、自分が友好的であることを示《しめ》す。

絶対《ぜったい》にけんかすることはなく、希はどんな犬とでも仲よくできた。犬同士が仲よくなれば、自然と飼《か》い主《ぬし》同士も仲がよくなっていく。希の社会性《しゃかいせい》は、学校でのぼくの乏《とぼ》しい社会性《しゃかいせい》とはまるで正反対だ。
希のおかげで、希といっしょにいる時だけは、ぼくは知らない人とでも自然に話ができた。

この日もいつも会う犬たちとあいさつを交わした希は、再《ふたた》び地面のにおいをかぎながら、少しはなれた遊具へと歩き始めた。

「どうしたの？　その足……、事故《じこ》？」

後ろから声をかけられて振《ふ》り向《む》くと、買い物帰りの主婦《しゅふ》らしきおばさんが立っている。

とっことっこと不自由な後ろ足で、ゆっくりながらもリズミカルに歩く姿《すがた》に、初めて希を見る人たちは、同じことを聞いてくる。いつものことだ。

ぼくはおばさんに、希の生《お》い立《た》ちを簡単《かんたん》に説明した。

「かわいそうに」

またか……。

いつものその言葉に、ぼくはうんざりした。「かわいそう」という言葉は、希《のぞみ》にはまったく似合《にあ》わないからだ。

「かわいそうに。なでていい？」

そう言っておばさんが希をなでようとした。

そのとたん、希はさっと体をよじっておばさんの手をかわした。

「あら！　いやなの？」

「すみません……」

希は悪いことなどしていないのに、ついぼくは謝《あやま》ってしまう。

「かわいそうだと思ったのに……」

これも毎度のことだった。

多くの人が希をあわれみから、なでようとする。でも希は、ぼくら家族以外の人間になでられるのが好きではなかった。

どんな人にもほえることも、かむことも、うなることもなかったが、なでられることだけはきょくたんにきらい、相手の手をさっとかわしてしまう。

(希、おまえはこういう時、どう思ってるの?)

また、だれかに傷《きず》つけられると思っているのだろうか。

希の警戒心《けいかいしん》の強さは、ほかの犬とはまるでちがうもののように見えた。

「希、行こう!」

ぼくがうながすと、希はぼくの顔を一度見てから、しっぽをぶんぶん振《ふ》って、再《ふたた》びブランコに向かって歩き始めた。

「あれ?」

クラスメートの永瀬《ながせ》唯《ゆい》がブランコに乗っているのが見えた。

唯《ゆい》はこの春、遠い地方都市からこの町に引《ひ》っ越《こ》してきた転校生だ。同じクラスにいながら、必要なこと以外、話をしたことはほとんどない。

唯もぼくと同じで、クラスではほとんどだれとも話さず、まるで目立たない存在《そんざい》だった。

ぼくは、ちらっとブランコのほうに目をやったが、知らん顔をすることに決めた。唯がじっと、ぼくを見ている気配がする。

わざと無視《むし》しているのがいたたまれなくなったぼくは、仕方なく顔をあげて唯のほうを見た。

唯が見ているのはぼくではなかった。じっと希《のぞみ》を見ている。

唯がこいでいたブランコが止まった。止まっているブランコに座《すわ》ったまま、唯はずっと希を見ている。

「希、帰ろう!」

ぼくは、知らん顔のまま希を抱《だ》いて、公園からすばやく立ち去った。アスファルトの道に出ると、ぼくは希を抱《だ》きかかえたまま、いちもくさんに走った。唯が追いかけてくるのではと、途中《とちゅう》、後ろを振《ふ》り返《かえ》ってみたが、だれもいなかった。

「話したこともほとんどないんだから、別に知らん顔しててもいいよな……」

ぼくはだれに話すでもなく、ひとりごちた。

(それにしても、唯の希を見るあの目、何だったのだろう。ほかの人たちのように、かわいそうというつもりだったのかな……)

唯の目から感じられるものは、その言葉とはちょっとちがう気がした。

翌日《よくじつ》も唯は同じ時間に、公園のブランコにひとりで乗っていた。その翌日《よくじつ》も、翌々日《よくよくじつ》も。あの日から希を散歩に連れていくと、唯がいた。

学校でもまったく話さない、ただ同じクラスにいるというだけの唯《ゆい》。できればぼくは会いたくなかった。

散歩ルートを変えればいいのだろうが、希《のぞみ》が目いっぱい散歩できるのはこの公園だけだ。ルート変更《へんこう》はできない。ならば時間を変更《へんこう》するという手がある。

唯と公園で会ってから一週間後、ぼくは、散歩時間をいつもより三十分遅《おく》らせて公園に行くことにした。しかし、唯はいつもと同じ場所で、同じようにブランコに乗っていた。

「ちっ！」

ぼくが大きく舌打《したう》ちしたので、希がびっくりしてぼくを見る。

「ごめん、ごめん。さあ、歩こうな！」

いつものように芝生《しばふ》の上に希をおろすと、希は地面のにおいをくんくんとかいで歩き始めた。すると希は唯のいるブランコのほうに、まっすぐ向かおうとした。

「ダメ！　そっちはダメ！」

希はぼくの気持ちなどおかまいなしに、とことことブランコに向かって進む。

「希！　ダメだったら！」

リードを強く引《ひ》っ張《ぱ》ってしまうと、希の切られた足が地面に強くこすれてけがをする。ぼくは、希の行きたいほうに歩かざるをえなかった。

（仕方がないな……）

ぼくは下を向いて、知らん顔でやり過《す》ごす作戦をとることにした。

ゆっくりゆっくり、希は不自由な後ろ足を上手に使って、ブランコへ近づいていく。

「ダメだったら！　希！」

ひたすら地面を見て歩いていたぼくの目に、とつぜん、ピンク色のスニーカーが飛びこんできた。顔をあげたぼくの目の前に、大きな唯《ゆい》の顔があった。

「うわっ！」

ぼくはおどろいて、こけそうになった。

「ダメって、何がダメなの？」

ぼくが答えに困《こま》っていると、唯が聞いてきた。

「この犬、足どうしたの？」

「学校の帰りに捨《す》てられてるのを見つけたんだ。うちの父さんが言うには、虐《ぎゃく》待《たい》されて足を切られたんだろうって……」

めんどうだと思ったが、ぼくはいつものように希《のぞみ》が来た経緯《けいい》を説明した。

「……あんたんちで飼《か》ってるの？」

「まあ、そういうこと」

ぼくは、唯が意外と大人っぽい声をしているのだということを初めて知った。

それくらい、ぼくは唯を知らなかった。

「ふーん……」

どうせ、次に出る言葉はわかっている。「かわいそう」。それで終わりだ。

唯はしばらくだまったまま、まばたきもせず希を見ている。そして地面にしゃがみこんだ。

「がんばってるんだね……、すごいね……、すごいね……。がんばればいいんだよね。がんばればできるんだよね」

唯は消え入りそうな声で希に言った。

「え?」

ぼくははじかれたように、しゃがんでいる唯を上から見下ろした。でも見えるのは唯の肩《かた》までのびた髪《かみ》の毛だけで、唯がどんな表情《ひょうじょう》で希を見ているのかはわからなかった。

「なでてもいい?」

「いいけど……」

どうせ希《のぞみ》にさっと逃《に》げられて終わりだ。

唯《ゆい》がしゃがんで、希の背中《せなか》をそっとなでる。

「……やわらかいね。それに、あったかい……」

おどろくべきことに、希はじっと唯の目を見て、おとなしくなでられている。

唯の両手がのびて、希の体を包んだ。

希は唯の腕《うで》の中から顔をのぞかせるように、きゅっきゅっと首をひねってぼくを見ている。

「あの……」

ぼくは何か言おうと思ったが、何を言っていいのかわからなかった。

「あのさ……」

「もう帰るから」と唯に言いかけたぼくは、言葉をのみこんだ。

希を抱《だ》きしめたまま、唯の体がふるえている。

唯は……、泣いていた。

わけがわからなかった。どうして泣くんだ。希が虐待《ぎゃくたい》されて捨《す》てられて障《しょう》がいがある犬だから、かわいそうと思って泣いているのだろうか。

それにしても、おどろいたのは希だった。こんなことは初めてだった。希はどうして逃《に》げもせず、いやがりもせず、唯に抱《だ》かれたまま、じっと身をゆだねているのだろう。

わからないことだらけだ。

唯が希を抱《だ》きしめている以上、ここから帰るわけにもいかない。仕方なくぼくは、その場に突《つ》っ立《た》っているしかなかった。

唯が希の体から顔をあげたのは、しばらくたってからだった。泣いた目は真っ赤にはれ上がり、希《のぞみ》の体も唯《ゆい》の涙《なみだ》でびしょびしょになっている。

「希、帰ろう！」

さっさとこの場からはなれたかった。ぼくがいつものように希を抱《だ》き上《あ》げようとすると、希は体をひねっていやがった。

「希、どうしたんだよ」

「あのさ……、あたし、逃《に》げてきたんだよね……」

唯の声だった。

「……は？」

「うちのパパ、ママとあたしに、ひどい暴力《ぼうりょく》ふるって、ママは何度もたたかれて、けがして……。こわくてこわくて。だから……、あたしたち、遠くのこの町に逃《に》げてきたんだよね。暴力《ぼうりょく》をふるうパパから……」

どうしてこんなことをとつぜん、ぼくに話すんだろう。

「希ちゃん、おんなじだね。つらかったね。こわかったね……。それなのに、こんなに温かくて、ふわふわで、やさしい顔してる。こんなに一生懸命《けんめい》生きてる……」

その言葉でようやくぼくは、唯の涙《なみだ》の意味を理解《りかい》した。

「うん。希はすごいよ」

「後ろ足が不自由でも、こんなに楽しそうに歩くんだね。歩けるんだね」

「うん！　すっごく楽しそうに歩くよ」

ぼくは自分のはずんだ声におどろいた。

「田川《たがわ》君がいるから、希ちゃん、歩けるんだね……」

「え……？」

（ぼくがいるから、希は歩ける……？）

「……あたしもママがいるから、こうやって学校に行ける。生きていける、安心できる……。希《のぞみ》ちゃんもあたしと同じ。田川《たがわ》君は、希ちゃんのパパなんでしょ」

「希のパパ？」

「あたしにとってのママが、希ちゃんにとっての田川君ってこと」

なんだか照れくさかった。

「でもね、ママはこう言うんだ！　あたしがいっしょにいるから、ママも仕事がんばれるんだって。あたしがいるだけで、ママも元気が出るんだって」

「う、うん」

わけがわからず、ぼくは生返事《なまへんじ》をした。

唯《ゆい》が希の鼻に自分の鼻をくっつけると、希は唯の顔をぺろっとなめた。唯が笑った。

「田川君もそう？　大好きな希ちゃんがいるから、いろんなことがんばれる？」

それには答えず、ぼくは希を見た。希がまた首をきゅっきゅっとひねって、ぼくを見た。その顔は口角《こうかく》があがり、ほほえんでいるように見える。犬がこれほど表情豊《ひょうじょうゆた》かに笑うということを、ぼくは久《ひさ》しぶりに思い出した。

その日から、希は散歩に出ると、真っ先に唯の待っているブランコに行くようになった。

「かわいいね！　希ちゃんって、よく人の顔見ながら、首を鳩《はと》みたいにきゅっきゅって小さく動かすよね？　これって、超《ちょう》かわいい！」

希のそのしぐさを、ぼくもいちばん気に入っていた。希がその期待に応《こた》えるように首を小さく動かす。

「ほーら、動かした！　かわいいー！」

唯が白い歯を出してけらけらと笑った。よく見ると、けっこうな美人だ。身長はぼくより高いし、スタイルだっていい。

「田川《たがわ》君は恵《めぐ》まれてるよね。お父さん、獣医《じゅうい》さんなんでしょ？　お金もあるし、お母さんもPTA《ピーティーエー》の役員さんで、よく学校に来てる。やさしい人みたいだし……」

とつぜん、家族のことを言われて、ぼくはびっくりした。

「クラスの子ならだれでも知ってるよ。それくらいのこと」

あきれたように、唯《ゆい》はぼくを見た。

言われてみれば、学校でのぼくはかなりイケてないが、家庭環境《かんきょう》は悪くない。

両親はぼくを大切に思ってくれているし、不満などなかった。

「まあ、そうかな。ひとりっ子で兄弟が欲《ほ》しいと思ったことはあるけど、生まれた時から犬のミルクもいたし、家のことで別に不満はないよ。さんりんぼうのやっかい事も、家で起きたことはないし……」

「さんりんぼう?」

唯に聞かれて、ぼくは「さんりんぼう」の話をした。

「へえ。三つ悪いことが起こる大凶《だいきょう》の日のこと、田川君、そう呼《よ》んでるんだあ」

「逆《ぎゃく》に言えば三ついやなことが起こっちゃえば、もうその日は悪いことは起きない。おまじないみたいなもんだよ」

(そういえば、ここしばらく、さんりんぼうないな……)

話しながらぼくは思った。


まず、くつが消える事件《じけん》は解決《かいけつ》できた。母さんにスニーカーケースをぬってもらったので、最近はげた箱にスニーカーを入れず、教室に持っていくようにしている。

体育で校庭に出る時は上履《うわば》きをげた箱に入れるが、授業《じゅぎょう》が終わってすぐ、勇輝より早くくつを履《は》き替《か》えるようにすれば、取られることもない。何より勇輝《ゆうき》自身、そんな幼稚《ようち》ないじめにあきたのかもしれなかった。

細かいやっかい事がなかったと言えばうそになるが、解決《かいけつ》できたものがほとんどで、ぼくの中ではたいしたやっかい事ではなくなっていた。

「まあ、ここ最近は、学校でも平和な日が続いているような気がする」

「ようは気の持ちようだよね。あたしなんて、パパと暮《く》らしていた時は毎日が地獄《じごく》だった……。毎日さんりんぼう。いや、よんりんぼう、ごりんぼうだよ。パパの暴力《ぼうりょく》は、四回でも五回でも、終わりにならない。

で、ママと決心したんだ。自分たちでめんどうに立ち向かわなくちゃ、だまってやり過《す》ごしても何も変わらない……」

唯《ゆい》は希《のぞみ》をなでながら続けた。

「田川《たがわ》君だっておんなじでしょ? 言ってたじゃん。希ちゃんとの出会いは、夏休み前のさんりんぼうの三つ目のやっかい事だったって。

でも、やっかい事に立ち向かったから、捨《す》てられた希ちゃんを救った。で、救ったから、こうして希ちゃんがいる。希ちゃんがいるから、あたしたち、こうやって友達になれた。ちがう？」

「……」

唯がみょうに大人に見えた。

「あたしが散歩させるから、リード貸《か》して」

唯にせがまれて、ぼくは希の散歩を任《まか》せることにした。そして、ブランコに乗って、少しはなれたところから唯と希を見ていた。

唯はどんな話をする時でも、ぼくではなく希の目を見ていた。

どうしてだろう……。

どうして犬の希に話しかけるのだろう……。

希《のぞみ》は唯《ゆい》の話を一生懸命《けんめい》聞いているように、何度も何度もしっぽを振《ふ》って、首を左右に動かしている。今日も希はごきげんだ。

しばらくすると、夕方五時を知らせる「ゆうやけこやけ」が、公園に設置《せっち》された防災《ぼうさい》スピーカーから流れてきた。

唯は音楽が鳴りやむと、希を抱《だ》いてぼくのほうにもどってきた。

「じゃあ、また!」

唯が初めて希ではなく、ぼくの目を見て言った。

ぼくは恥《は》ずかしくなって、うつむいたまま「うん」と言って、希を受け取った。

希との散歩の時間は、いつもあっというまに終わる。それが希といるせいなのか、唯といるせいなのか、ぼくにはわからなかったが、友達がいなかったぼくにとって、楽しい時間だったことはまちがいない。

「明日も学校が終わったら、なるべく早く来ないと、この季節はすぐ暗くなっちゃうね」

唯の言うとおり、公園はすでに暗やみに包まれていた。ぼくは気のきいたことが言えず、唯を見て思わず言った。

「秋の日はつるべおとしだ」

「それって、どういう意味?」

唯がぼくを見て首をかしげて笑った。

3 希《のぞみ》の魔法《まほう》

秋の日はつるべおとしで、日が暮《く》れるのが早い。冬になると、学校の最終下校時刻《じこく》は四時になる。冬至《とうじ》近くになれば、四時四十五分には暗くなってしまうからだ。

希《のぞみ》が来てからというもの、日の出、日の入り時刻《じこく》をぼくは正確《せいかく》に言えるようになっていた。この時期の日の出は六時四十五分。

ぼくは毎朝六時に起きて、支度《したく》をすませ、学校へ行く用意をしてから日の出とともに希を散歩に連れていく。散歩が終わると七時二十分、それからすぐに学校へ向かう。

夕方の散歩は、曜日ごとの時間割《じかんわり》によってちがうが、ランドセルを置くとすぐに公園に向かわなくてはならない。

さっさと出動しないと、日の入りまではあっというまだ。唯《ゆい》もそのことを承《しょう》知《ち》していて、公園に行くとすでにブランコの上には唯の姿《すがた》があった。

希はまっしぐらに唯のもとへ向かう。

「希ちゃん！　今日もちゃんといい子でお留守番《るすばん》してた？」

唯がブランコから飛《と》び降《お》りて希をなでると、希はぶんぶんしっぽを振《ふ》って、唯の顔をなめた。

「いやさ、希がすぐにブランコのほうへ来ちゃうんだよなー」

ぼくが唯に会いたがっていると誤解《ごかい》されるのがいやで、ぼくはとんちんかんな返事をした。

「うれしい！　あたしも、希ちゃんに会うの待ってたから」

希《のぞみ》を連れて唯《ゆい》と話をしていると、冬の寒さなどまるで感じなかった。

希を囲んでぼくたちは、いろんな話をした。家族のこと、学校のこと、友達のこと。

三人——正確《せいかく》にはふたりと一匹《ぴき》だが——で話をしていると、時間はまたたくまに過《す》ぎて、気がつくとあたりは真っ暗になっていた。

暗やみの中から近づいてきた自転車に気づいたのは、ぼくのよく知っている声が聞こえたからだった。聞きなれた声。大きらいなこの声。

「何やってんだ？」

勇輝《ゆうき》の家とぼくの家とは、希を拾った空き地をはさんで反対方向だ。だから、この公園に来ることなど、まずないと思っていた。しかも、よりによって唯と希といっしょにいる時に……。

ぼくと唯は思わず勇輝から目をそらした。

何よりもぼくが警戒《けいかい》したのは、希に危害《きがい》を加えるんじゃないかということだった。

ぼくは歩いていた希をすぐに抱《だ》き上《あ》げた。

「なんだ、お前んちの犬か。そういや、お前んち獣医《じゅうい》だもんな。なんで、この女といっしょにいるんだ？」

「犬の散歩でぐうぜん……。もう暗くなったから帰るところだよ。なあ？」

ぼくは唯に向かって言った。

「うん。じゃあね」

唯の返事と同時に、ぼくたちは勇輝に背《せ》を向けて、公園から出ようとした。

「待て！　なんで犬の散歩なのに、犬が歩かないんだ？　それじゃ、散歩にならねーじゃないか、バカ犬め！」

そう言う勇輝を無視《むし》して、ぼくたちは早歩きで公園を出ていく。

勇輝《ゆうき》が自転車で追いかけてきた。

本当なら思い切り走りたいところだが、八キロ近い希《のぞみ》を抱《だ》いていては、全力疾走《しっそう》などできないし、まして自転車に乗った勇輝にはかなわない。

「おいってば！　質問《しつもん》に答えろよ」

ぼくはぴたっと足を止めて、振《ふ》り返《かえ》って勇輝を見た。

ぼく自身のことなら、しかも以前のぼくなら、とんでもないさんりんぼうの日として、だまってやり過《す》ごしていただろう。

しかし希のことを悪く言われるのだけは、がまんできなかった。ぼくは希をぎゅっと抱《だ》いたまま、勇輝に希のことを話した。

勇輝はおどろいて、希の切られた足をさわろうとした。

「ダメだ！　絶対《ぜったい》にさわるな！　希は、足をさわられるのがいちばんこわいんだ！」

学校とはまるでちがうぼくを見て、勇輝はびっくりしたようだった。

何よりおどろいたのはぼく自身だ。勇輝相手にこんな大きな声で対抗《たいこう》できるなど、思ってもみなかった。

「この犬……、歩けないのか？」

「歩けるよ。でも、やわらかい地面の上だけだ」

「本当か？　こんな足で歩けるのか」

「歩けるよ！　足が不自由でもすっごく器用に、上手に歩くんだから」

今度は唯《ゆい》がはっきりした声で言った。

勇輝がまたびっくりして目をくりくりさせて、ぼくと唯を交互《こうご》に見る。

「歩ける！　じゃあ、ついてこいよ！」

ぼくはそう言うと、公園に引き返した。

ぼくは、なんてことを言ってしまったのだろうと、とたんに後悔《こうかい》した。

（希《のぞみ》を地面におろして歩かせるなんて、そんな無防備《むぼうび》なことをして、勇輝《ゆうき》が希をけっとばしたりしたらどうするんだ……。いや、希が歩く姿《すがた》を見たら、それで勇輝は納得《なっとく》して帰るだろう。希をいじめる理由は勇輝にはないはずだ……）

今は楽観的に考えることにした。

公園の中はすでに外灯が灯っていた。ぼくは外灯の近くのいちばん明るい芝《しば》生《ふ》の上に、希をそっとおろした。

希は一度ぶるぶるっと体を回すと、しっぽをぶんぶん振《ふ》って、いつものようにひょっこらひょっこらと歩き始めた。その様子を勇輝はじっと見ている。

希はテンポをあげて、芝生《しばふ》の上をリズミカルにはずむように歩きだした。

「もういいだろ？　わかっただろ？」

勇輝はぼくの質問《しつもん》には何も答えなかった。

ぼくは、おやつを取り出すと、「希！　大好きなビーフジャーキーだぞ！」と声をかけた。

希はぼくのほうを振《ふ》り向《む》くと、たっかたっかと走るようにもどってきて、ぼくの前に座《すわ》った。

「いい子だな！」

ぼくがジャーキーをあたえると、希はそれをぺろりと平らげてしっぽを振《ふ》った。そのしゅんかん、勇輝の手が希の頭にのびてきた。

ぼくはびっくりして勇輝に「何するんだ」と言いかけて、すぐにその言葉をのみこんだ。勇輝が希をそっとなでている。

そして、希は……、おとなしく勇輝になでられている。よけることも逃《に》げることもなく、希は勇輝の目を見てじっとしている。

ぼくも唯《ゆい》もただ啞然《あぜん》として、その姿《すがた》を見ていた。

「希《のぞみ》っていうのか、お前……。えらい犬だなあ。すごい犬だなあ。人間にいじめられて傷《きず》つけられても、こんなにがんばって生きてるなんて……。こんなにやさしい顔して、おれを見てくれるなんて……」

(まったくどの口が言っているのか……)

あの勇輝《ゆうき》の口から出た言葉とは、とても思えなかった。

「お前、よく希を助ける決心したな」

勇輝が希をなで続けながら言った。

「……え?」

「航《わたる》んちは、いいよな。お前んちは父親が獣医《じゅうい》で金持ちみてーだし、母親だってやさしそうだし、ちゃんと授業《じゅぎょう》参観も来てくれる。

運動会の弁当《べんとう》だって毎年とびっきり、ごうかじゃん。一年からおんなじクラスだから、知ってんだよ! それなのにお前は、いっつもナメクジみたいにじめじめしやがって、だからムカつくんだよ」

唯《ゆい》と同じように、勇輝も希の目だけを見ながら話し続けていた。

「おれんちは……、おれは今の母ちゃんが生んだ子じゃない。父ちゃんと母ちゃんが離婚《りこん》して父ちゃんは再婚《さいこん》したんだ。

おれには九歳《さい》年下の弟がいるんだけどさ、そいつは今の母ちゃんが生んだ子で、そいつばっかりかわいがりやがる。そいつが生まれてから、運動会の弁当《べんとう》はコンビニだし、参観日にも来たことはない。

気に入らないことがあると、二言《ふたこと》目にはあんたはあたしが生んだ子じゃないってどなりやがる。お前の家とは大ちがいだ。それが気に入らないんだよ」

（ぼくをいじめる原因《げんいん》は、そんなことだったのか……）

「でも、なんでぼくなんだよ！　ぼくの家は特別金持ちでも何でもない。ふつうの家だぞ」

「お前、ふつうってのがどれだけ幸せなことなのか、わかってんのか。だからムカつくんだよ！　いい親に恵《めぐ》まれたんだから、ちっとは感謝《かんしゃ》しろ。このナメクジ野郎《やろう》！」

勇輝《ゆうき》の言葉にぼくはむっとしたが、そのいらいらはぼくだけに向けられたものであって、希《のぞみ》に危害《きがい》を加える心配はなさそうだった。

「みんな複雑《ふくざつ》なんだよ。博人《ひろと》は両親が離婚《りこん》してから、じいさん、ばあさんに育てられてるし、康太《こうた》は児童養護施設《ようごしせつ》から学校に通ってる」

勇輝があげた名前は、いつも勇輝といっしょにつるんでいる仲間だった。それぞれの家庭事情《じじょう》は何となくわかってはいたが、仲よくなかったので深く考えたことはなかった。

「なあ、今の時代さ、学校はなんで児童の親と言わず、児童の保護者《ほごしゃ》って言葉を使うか知ってるか？

ひと昔前みたいに、保護者《ほごしゃ》が子どもの親とは限《かぎ》らない。時にはじいさん、ばあさんが、おばさん、おじさんが、あるいは別のだれかが、めんどう見てるってのがおれたちの時代だ。保護者《ほごしゃ》＝親ってのは禁句《きんく》なんだよ。それほど、家庭環境《かんきょう》が複雑《ふくざつ》な子どもが多いってことだ」

どんなマヌケな顔をして、ぼくは勇輝を見ていただろう……。

そんなことをぼくは考えたこともなかった。知らなかったし、知ろうとも思わなかった。

クラスメートの事情《じじょう》をよく知っている勇輝が「ふつう」なら、やっぱりぼくは「マヌケ」ということになる。そもそも勇輝がこんな話をするやつだと、ぼくは思ってもいなかったのだ。

転校生の唯《ゆい》も、同じように勇輝を見ていたのだろう。唯もただぽかんと口を開けて、一心不乱《いっしんふらん》に希をなでる勇輝を見ている。

勇輝《ゆうき》は飽《あ》きもせず、希《のぞみ》をなで続けている。

「おれさ、思うんだけど、幸せいっぱい持ってるやつっているじゃん。そういうやつは、自分がいっぱい持ってる幸せをひとりじめするんじゃなくて、ほんの少しでいいから、幸せじゃないやつに、おすそ分けしてほしいなあって思うんだよな。……うん、幸せのおすそ分けだ」

(幸せを分ける？　幸せのおすそ分け……？)

ぼくには勇輝の言っている意味が、まったくわからなかった。ぼくがだまって首をひねっていると、唯《ゆい》がとつぜん、古い童謡《どうよう》を歌いだした。

♬ポケットの　なかには　ビスケットが　ひとつ
ポケットを　たたくと　ビスケットは　ふたつ
もひとつ　たたくと　ビスケットは　みっつ

たたいて　みるたび　ビスケットは　ふえる
そんな　ふしぎな　ポケットが　ほしい
そんな　ふしぎな　ポケットが　ほしい

「勇輝君の言っていることって、この歌と同じだと思う……」

「えー、その歌って、ただ単に、たたいてビスケットが割《わ》れたから、数が増《ふ》えたっていう、おもしろくもなんともない歌じゃない？」

作詞者《さくししゃ》は、魔法《まほう》のポケットがあったら、たくさんビスケットが食べられていいなあという意味をこめて作ったのだろうが、童謡《どうよう》が楽しいと思うのはせいぜい小学校にあがる前までだ。

ぼくたちくらいの年になれば、ポケットの中でぐちゃぐちゃになったビスケットを想像《そうぞう》して、ビスケットを入れていた服のせんたくがたいへんだなと思うのが関《せき》の山《やま》だ。

「田川《たがわ》君って、そんなふうにしか考えないんだ。まあ、言葉なんてその人がどうとらえるかしかないんだけど。この歌、あたしのひいおばあちゃんがよく歌ってたんだ。ひいおばあちゃんがこの詩の意味を、こんなふうによくあたしに教えてくれたなあ……」

唯《ゆい》は勇輝《ゆうき》のとなりに移《うつ》ると、希《のぞみ》をなでながら暗くなった空を見上げて続けた。

「ポケットの中に大きなまあるいビスケットが入っている。あたしたち子どもにとって、それはとーってもも幸せなこと。

でも、その大きなビスケットをひとりで食べるんじゃなく、ふたつに割《わ》って、ビスケットを持っていない友達と分けて食べたら、おなかはふくれなくても心は二倍幸せになれる。

三つに分けて、もうひとりの友達といっしょに食べたら、心が三倍幸せになれる。そういう意味なんだよっ。

これって、野崎《のざき》君の言った幸せのおすそ分けだよね。わかるかなあ、田川君に……」

「わかるかなあ、お前に……」

勇輝がえらく納得《なっとく》したようなドヤ顔で続けた。

「幸せって、分けたら減《へ》るもんじゃなく、増《ふ》えるもんなんだよ。そんなふうに考えると、すっごくすてきな詩に聞こえる。だれかにやさしくなれる詩に聞こえてこない？」

（そうなのか……）

そんなふうに言われると、童謡《どうよう》の詩でも、聞く人の心によってこんなにも意味のあるものになっていくんだ。

「お前みたく勉強できて、知識《ちしき》ばっかりあっても、だれも友達になってくれねーぞ。なあ、希《のぞみ》！」

だれかの心を知ろうとする、理解《りかい》しようとする心が、ぼくには欠けていたのかもしれない。

だれかの気持ちになって、何かを考えることなんかなかったし、だれかの気持ちになれるほど親しい友達もいなかった。

勇輝《ゆうき》のからかいやいじめの原因《げんいん》は、そんなぼくへのいら立ちだったのだ。ぼくはみょうに納得《なっとく》してしまった。

「でも、まあ許《ゆる》してやる。お前は、希を助けたんだからな」

だれも許《ゆる》しを乞《こ》うてないのに、えらそうに勇輝が言った。

「うん！　許《ゆる》してあげる」

じょうだんっぽく唯《ゆい》が笑う。

「お前、毎日、こいつの散歩でここに来るのか？」

とつぜん、勇輝が立ち上がってぼくを見た。

「え、ああ、まあ……」

「ちぇっ！　そのはっきりしないところが気に入らないんだ！　来るのか来ないのか、どっちなんだよ」

「来るよ！」

正直に反応《はんのう》してしまったことを、ぼくは後悔《こうかい》した。

「ふーん……。おれも、いいか？」

「何が？」

「お前のそのにぶいところも気に食わないんだ。また希に会いに来ていいかって聞いてるんだよ」

「あ、ああ。いいけど……」

「じゃあ、明日な！」

「今は、日が暮《く》れるのが早いから、早く来ないと、散歩終わっちゃうからね」

唯《ゆい》がじょうだんっぽく笑う。まるで勇輝《ゆうき》が来るのを歓迎《かんげい》しているような口ぶりだ。

「学校から帰ったら、すぐにチャリで来る」

勇輝が「よし！」と気合いを入れるように、ガッツポーズをした。

希《のぞみ》がいつものように首をきゅっきゅっとひねる。それを見て勇輝が笑う。こんなやわらかな表情《ひょうじょう》の勇輝を見るのは初めてだった。

勇輝は自転車から何度も希を振《ふ》り返《かえ》り、手を振《ふ》った。

何がどうして、こうなってしまったのか。

どうして明日から勇輝が散歩に加わることになったのか……。

それでも、なぜかぼくは悪い気がしなかった。

4 友達というもの

あの日からぼくの頭の中から、さんりんぼうという言葉は消え去っていた。さんりんぼうの代わりの今のブームは「ふしぎなポケット」。「ふしぎなポケット」の詩が、ぼくの頭からはなれなくなってしまった。

♬ポケットを　たたくと　ビスケットは　ふたつ
もひとつ　たたくと　ビスケットは　みっつ

なんて、いい詩なんだろう。

唯《ゆい》のひいおばあさんもすごいが、その言葉を素直《すなお》に受け止めて、感動できる唯のやわらかい心がすてきだと思った。

頭の中のブームがちがうものになっただけで、同じ日常《にちじょう》の同じ学校の光景が大きく変わった。

勇輝《ゆうき》とぼくのからみ合っていた糸がすっきりほどけると、ほかのクラスメートとの距離《きょり》も徐々《じょじょ》に近くなっていった。

その糸をほどいたのは、ほかのだれでもない希《のぞみ》。希を救ったつもりが、希によって救われたのはぼくのほうだった。


冬休みが終わると、希の散歩中に会いに来るクラスメートがまた増《ふ》えた。勇輝の仲間の康太《こうた》に博人《ひろと》。ふたりとも希をなで始めると、やがて希に自分の胸《むね》の内を話し始めた。

ふたりが話を始めると、ぼくと勇輝、唯は、なるべく自然な感じで少しはなれた遊具に移《うつ》る。今ではそれが日常《にちじょう》の光景になっている。

聞いているのはぼくたちではなく、犬の希だけ。希は何も言わずただ、だまってそれを聞いている。それがみんなのいちばんの処方箋《しょほうせん》のようだった。

「幸せって、分けたら減《へ》るんじゃなく、増《ふ》えるもんなんだよ」と唯は言ったけど、悲しみや苦しみは、みんなで分けることで減《へ》らせるのかもしれないとぼくは思った。

公園では今もいろんな大人たちが、足のない希を見て声をかけてきた。

「かわいそう……」

そして希をなでようと手を出す。希は相変わらず、その手をさっとよけて逃《に》げる。

希《のぞみ》が唯《ゆい》や勇輝《ゆうき》を受け入れるのは、自分が持つ心の痛《いた》みをふたりが知っているからだ。康太《こうた》も博人《ひろと》も、希を見て「かわいそう」とは言わなかった。希には、まちがいなく人の心を読む力があるんだ。

夕やみがこくなると、子どもたちがひとり抜《ぬ》け、ふたり抜《ぬ》け、夕食の時間を迎《むか》える七時ごろには、公園はすっかり静かになっていた。

「じゃあな。ばあちゃんが心配するから帰るな」

博人が手をあげて、自転車に乗る。その声に康太も続いた。

冬至《とうじ》が過《す》ぎて、まだ一か月しかたたない冬の夜は長い。

夜空に星がまたたき始めて、ずいぶんと時間がたっていた。ぼくは冬の大三角を探《さが》した。

シリウスとプロキオン、そして赤いベテルギウス。この三つの一等星を結ぶと、ほぼ正三角になる。以前、父さんが教えてくれた。それがきっかけで、ぼくは星に興味《きょうみ》を持ち、四年生のクリスマスプレゼントに天体望遠鏡をおねだりして買ってもらった。

「何、見てんだよ」

ぼくは勇輝と唯に、冬の大三角のことを話した。

「シリウスは、おおいぬ座《ざ》のα星《アルファせい》、プロキオンは、こいぬ座《ざ》のα星《アルファせい》、ベテルギウスは、オリオン座《ざ》のα星《アルファせい》だ。この三つの星を線で結ぶと、ほぼ正三角形になる」

「シリ、プロ……いぬ座《ざ》？　星座《せいざ》まで犬なんて、お前ってやつは、やっぱり犬が好きなんだな。ところでα星《アルファせい》って何だよ？」

「その星座《せいざ》でいちばんかがやいてる星のことをα星《アルファせい》って言うんだ。つまり、おおいぬ座《ざ》でいちばん光って見えるのがシリウス」

「お前、やっぱり知識《ちしき》だけは豊富《ほうふ》だな。どれ、どれがどの星でどれだって？」

ぼくと勇輝《ゆうき》と唯《ゆい》、三人で空を見上げる。

「やっぱり見えないや……」

ぼくが言っても、ふたりはまだ星を探《さが》し続《つづ》けている。

「この時間はまだ低い位置にあって見えないんだ」

ぼくがそう言っても、唯は空から目をはなさないでいる。そのまま、ぽつりと口を開いた。

「この宇宙《うちゅう》に神さまがいて、もし希《のぞみ》ちゃんに足をくれたらどんなだったかな？」

「え……？」

ぼくは唯の顔を見た。

「うんと、うんと、たくさん走れただろうになって思っちゃうよね……」

「そうだな」

今度は勇輝が希を見ながら、唯に答える。

同じことを、ぼくもここ最近ずっと考えていた。

「そうしたら……」

もっと希は幸せだっただろう……。

そう言いかけたぼくの言葉を、唯がさえぎった。

「じゃあ、『もしもごっこ』しようか？　あたしのパパがもしもお金持ちで、すっごくやさしかったら、あたし、ピアノ習いたかったな。コンサートとかにも出てみたい」

「おれはさあ、もしも、もしも父ちゃんが離婚《りこん》しないで、おれの母ちゃんと三人で暮《く》らしていたら、よくないことだけど、あの弟はいなかったよなあっていつも考えるよ。運動会にも、ちゃんとしたお弁当《べんとう》作ってもらえたかな……」

唯と勇輝はもうひとつの自分の人生について語り始めたが、それがつまらないということに最初に気づいたのはぼくだった。

「もしそうだったら、確《たし》かに唯《ゆい》はピアノを習ったかもしれない。でも、もしそうだったら、ここには引《ひ》っ越《こ》してはこなかった。ぼくらが会うことも、今こうして話していることもなかったんだぞ」

唯は「あ！」と小さくつぶやくと、目を見開き「そうだね」と笑った。

「おれはちがうぞ。ずっとここに住んでるし、父ちゃんたちが離婚《りこん》してなくても、今の学校で今のクラスだ。だからお前らとは、どのみちクラスメートになれたってわけだ」

「クラスメートはクラスメートだけど、それはちょっとちがうと思う」

今度は唯が反論《はんろん》した。

「もし、野崎《のざき》君が贅沢三昧《ぜいたくざんまい》の家庭で育っていたら、幸せのおすそ分けなんて、すてきな感性《かんせい》は育たなかったよ、きっと……。ちょっと悲しいことを経験《けいけん》したから、悲しい人の心がわかるんだよ。やさしさがわかるんだよ」

「まあ、そうだよな。事実、航《わたる》みたいに何の悩《なや》みもないやつには、おれの言った幸せのおすそ分けの意味がわかっちゃいない」

「なんだよ。今はわかるよ」

ぼくはむっとして言ったが、言われてみれば確《たし》かに勇輝《ゆうき》の言うとおりかもしれなかった。

「それに何より、野崎君自身が、悲しさを経験《けいけん》したから希《のぞみ》ちゃんの心がわかったんだよ。希ちゃんを見て、すごいなあって思えたんだよ。で、その希ちゃんを救った田川《たがわ》君をちょっと見直した……。ちがう?」

「で、もし、希がいなかったら、おれはまだお前のスニーカーを隠《かく》し続《つづ》けていた!」

「ぷっ……、そうかもな」

ぼくも唯《ゆい》も笑った。

「確《たし》かにそうだ！」

勇輝《ゆうき》が希《のぞみ》を抱《だ》き上《あ》げて、両手を目いっぱいのばし、高い高いをして夜空に希の体をかざした。

「冬の大三角の中には、天の川がかかってるんだ。それはうっすらとしか見えない。でも確《たし》かにそこに天の川はある。三つの星にかかる橋のようにね」

ぼくが言うと、唯がまた空を見上げて続けた。

「天の川は希ちゃんみたいね」

「確《たし》かにそうだ。希は、おれたち大三角の天の川だ。希は、おれたち三人にかかる、きらきらの天の川なんだぞ」

勇輝が言うと、希はしっぽをぶんぶん振《ふ》って、体をうれしそうによじった。

そんな希を見てぼくは思う。

希がもし虐待《ぎゃくたい》を受けず、最初からぼくの家族だったら、希は四本、ちゃんと足があったはずだ。希はうんと走れたはずだ。

そして希はきっと、もっともっと幸せになっていたはずだ。

5 合理的方法

冬の大三角が主役の座《ざ》をおりたころ、桜色《さくらいろ》にそまった町が色めき始める。クラス替《が》えに新しい担任《たんにん》。子どもの世界でも気持ちがそわそわする季節だが、六年のぼくらはクラス替《が》えもなく担任《たんにん》も持ち上がりで、教室の雰囲気《ふんいき》は五年生のままだった。

変わったことと言えば、二階だった教室が三階になって、階段《かいだん》が増《ふ》えてめんどうになったこと。そして何よりぼく自身だった。

自分が変われば相手も周りも変わるのだということを、ぼくは十二歳《さい》になって、初めて知った。

さんりんぼうのおまじないは、もう必要なくなり、毎日の学校生活は快適《かいてき》で楽しかった。楽しければ時間がたつのも早い。

六年生の一学期はあっというまに過《す》ぎ、希《のぞみ》が来て二度目の夏休みが訪《おとず》れようとしていた。

「よっ!」

夏休み直前の朝、昇降口《しょうこうぐち》でくつを履《は》き替《か》えていると、勇輝《ゆうき》の声が聞こえた。

「おはよ!」

今はもう、スニーカーが消える心配はない。

ぼくは軽く手をあげてあいさつを返すと、げた箱の中から上履《うわば》きを取り出し、それに履《は》き替《か》えた。

「なあ、お前、夏休みの自由研究、何すんの?」

勇輝《ゆうき》に聞かれて、ぼくは答えた。

「まだくわしく決めてないけど、また犬のことかな？」

「またって、去年も犬のことだったのか？」

「そう。去年も犬のことだよ。希《のぞみ》が来た直後だったから、五年の夏休みは、動物愛護《あいご》センターの犬猫《いぬねこ》の殺処分《さつしょぶん》問題を自由研究のテーマにしたんだ」

二学期には自由研究をクラスで発表する時間があった。でも発表するのは立《りっ》候補《こうほ》した四名のみで、持ち時間はそれぞれ十分。

全員が発表する時間がないというのがその理由だったが、人前で話すのが苦手なぼくが立候補《りっこうほ》するわけがなかった。だからぼくがどんなテーマを取り上げたのかは、宿題を見る先生しか知らない。

「その、なんとかセンターって何だ？」

勇輝が廊下《ろうか》から階段《かいだん》を上りながらぼくに聞いた。

「動物愛護《あいご》センターは、動物と人がよりよく生きられるようにする支援《しえん》や、アドバイスをしているところだよ。でも飼《か》い主《ぬし》に捨《す》てられた犬や猫《ねこ》や野良犬《のらいぬ》を収《しゅう》容《よう》して、殺処分《さつしょぶん》もしているんだ。

新しい飼《か》い主《ぬし》も見つからず、行き場のない犬や猫《ねこ》たちは、このセンターの管《かん》理棟《りとう》で数日から一週間後には、二酸化炭素《にさんかたんそ》ガスで窒息死《ちっそくし》させられてしまうんだよ」

「へー、そうなのか。そんなふうに殺されちゃうのか。希もお前に会わなかったら、そうなっていたのかな」

勇輝がしんみり言った。

「そういうことなんだ。ぼくがその殺処分《さつしょぶん》の詳細《しょうさい》を自由研究のテーマに取り上げようと思ったのは、ぼくが希を救っていなかったら、希は動物愛護《あいご》センターで殺処分《さつしょぶん》という運命だったからだ」

「でも絶対《ぜったい》とは限《かぎ》らねーだろ?」

「ふつうに考えれば、十中八九《じゅっちゅうはっく》、まちがいないよ。っていうのは、センターの職員《しょくいん》さんの話では、希《のぞみ》のような負傷犬《ふしょうけん》は、新しい飼《か》い主《ぬし》を見つけてもらえる譲渡《じょうと》対象の犬にはできないっていうんだ。飼《か》い主《ぬし》さんは、だれだって、健康な子を選ぶだろう?」

「最初から対象外ってわけか? それって差別じゃないのか?」

「その差別をつくっているのは、ぼくら人間だよ。そういう子を率先《そっせん》して家族にしてくれる人が多くいるなら、譲渡《じょうと》対象になっているはずだ。そうならないのは、だれも欲《ほ》しがらないからだよ」

「まあ、そうだな」

「飼《か》いたい人がいなければ、そういうことだ」

「でもお前みたいに、そういった犬を救ったやつだっている。ほかにもいるだろう？　そういう人ってさ」

「捨《す》てられた犬を保護《ほご》するボランティアさんはいるけど、限界《げんかい》がある。命っていうのは助ければ終わりじゃなく、そこからがスタートなんだ。犬の寿命《じゅみょう》は平《へい》均《きん》十五年だからね」

一年前、父さんから聞いたことを、ぼくは勇輝《ゆうき》に話した。

「そうだよな。子犬ならそこから十五年、生きるんだもんな……。かわいそうだけで、みんな救えるわけねーよな」

ぼくはうなずきながら教室のドアを開けて、ランドセルを肩《かた》からおろした。

「捨《す》てられた命を救うより、命を捨《す》てる人間をいかに減《へ》らすかのほうが合理的だ。捨《す》てる人がいなけりゃ、殺処分《さつしょぶん》する必要はない」

「ひゃー、お前、言うねえ。確《たし》かに、蛇口《じゃぐち》からじゃんじゃん出る水を受ける洗《せん》面器《めんき》を大きくするより、蛇口《じゃぐち》をひねって水を止めたほうがまちがいないな。お前はやっぱり頭だけはいいな」

勇輝《ゆうき》が感心したようにため息をつきながら、大きく首を縦《たて》に振《ふ》っている。

教室の真ん中にある机《つくえ》には、すでに唯《ゆい》の姿《すがた》もあった。唯が手を振《ふ》ると同時にチャイムが鳴った。

ぼくは唯に向かって軽くうなずくと、すぐに自分の席に座《すわ》った。


その日は、苦手な体育がなかったせいか、かなり気分よく六時間目までを過《す》ごした。しかし、ぼくの頭の中は、犬について何を今年の自由研究のテーマにするかでいっぱいになっていた。勇輝に朝、今年の自由研究のことを聞かれたせいだろう。

「今日も希《のぞみ》の散歩、だいたい五時半ごろだな?」

終わりの会が終わると、勇輝が寄《よ》ってきて聞いた。

「うん、五時半から六時くらいの間かな。たぶん七時前くらいまでは公園にいると思う」

七時半に家庭教師《きょうし》が来るが、その前に家にもどれば問題はない。

「オーケー！　じゃあ、そのころな」

言うと勇輝は、あっというまに早足で去っていった。

夏至《げし》が過《す》ぎて一か月もたっていない夏休み前は、冬至《とうじ》のころとは午後の散歩時間が二時間近く遅《おそ》くなる。

犬は人間より体が地面に近い分、地面の熱を直接《ちょくせつ》受けるし、肉球以外に汗腺《かんせん》がないため熱中症《ねっちゅうしょう》になりやすい。

くつを履《は》かずに、はだしで歩く犬が真昼のアスファルトの上を歩けば、やけどをしてしまう。

この季節、毎年父さんの病院では、熱中症《ねっちゅうしょう》や肉球のやけどなどで自分の犬を連れてくる飼《か》い主《ぬし》さんが少なからずいる。

自分で散歩の時間を選ぶことができない犬は、飼《か》い主《ぬし》がきちんとコントロールしてやらなければ、命の危機《きき》にさらされるのだ。

だからぼくは、夏の散歩は涼《すず》しい時間を選んで朝は五時ごろ、夕方は日が落ちるころから行くことにしていた。


校門を出ると、真夏の太陽が路面に照りつけている。

(希《のぞみ》と会ったのも、一年前のこんな暑い日だったっけ……)

そんなことを考えながら、ぼくはいつも通る道路から原っぱを左手に見た。

昨年と同じように草がのびほうだい、ぼうぼうに生えている。

思えばあの日、もし勇輝《ゆうき》の姿《すがた》を見なければ、この季節に原っぱを横切ることなど絶対《ぜったい》になかっただろう。

もし原っぱを通らなければ、希を見つけることもなかっただろう。そしてもし、ぼくが希を見つけていなければ、希は生きてはいなかっただろう。

そう考えれば、大きらいだった勇輝の存在《そんざい》に感謝《かんしゃ》したいくらいだった。

その希は、ぼくに勇輝と唯《ゆい》という友達をあたえてくれたのだ。唯が言うように物事の考え方ひとつで、同じ出来事が自分にとってラッキーにも、アンラッキーにもなる。

それでも、ぼくにはどうしても考え方しだいとは思えないことがあった。希の足だ。希に足がなかったほうがよかったなんて思えるわけがなかった。

もし神さまがいて願いをかなえてくれるのなら、希に足をプレゼントしてほしい。

もし希に足がちゃんとあったなら、希はもっともっと走ることができた。どこへだって行けていたはずだ。

悩《なや》み事《ごと》がなくなると、人はもっともっとと、願うようになるものなのだろうか。本当なら希《のぞみ》が元気で毎日を過《す》ごしていることに感謝《かんしゃ》すべきなのに、ぼくは四本足で走る希の姿《すがた》ばかりを想像《そうぞう》するようになっていた。そんなこと、絶対《ぜったい》に不可能《ふかのう》なのに。

玄関《げんかん》を開けると、いつものように希が後ろ足をひょっこらひょっこらしながら、しっぽをぶんぶん振《ふ》ってぼくを待っていた。

「のぞみー、ただいま!」

ぼくはそう言って希を抱《だ》き上《あ》げて、自分のほっぺを希の顔にくっつけて、すりすりと動かした。

一歳《さい》が過《す》ぎて、希は体重が八・五キロになり、後ろ足以外は病気ひとつしない健康な犬に成長していた。

希はいつもそうするように、首をきゅっきゅっと鳩《はと》のように小さくひねって、ぼくの目を見上げた。

リビングの時計は四時前を指している。

「まだ外は暑いからな！　お散歩は、あ、と、でだ」

すると希はしっぽを振《ふ》って「了解《りょうかい》！」というように、勢《いきお》いをつけてぼくのベッドに飛び乗った。

希がベッドにあがるのを見るたびに、後ろ足がないのによくジャンプできるものだと、ぼくは感心する。身体能力《のうりょく》というのは、訓練しだいでのびるものなのだろうか？　ならば、ぼくの運動音痴《おんち》もある程度《ていど》は、よくなるのか？

ぼくがそんなことを考えていると、希はベッドの上でくるくると三回ほど小さく回り、ぼくのにおいがしみこんだ枕《まくら》の上にあごをのせて目を閉《と》じた。散歩時間まで、ひとねむり……。

犬には、人間のだいたい二歳児《さいじ》くらいの言語理解力《りかいりょく》があるという。希《のぞみ》も「ごはん」「お肉」「散歩」「あとで」「待て」「おいで」「よし」などの言葉は、子犬のころに簡単《かんたん》に覚えてしまった。

周りの空気を読む力は天才的で、ぼくがかぜをひいて寝《ね》こんでしまった時には、そっとぼくのおなかの間で丸まって、「だいじょうぶ？」と見守ってくれた。泣いている時はぼくの涙《なみだ》をぺろぺろなめて、「心配しなくていいよ」と、ずっとそばにいてくれた。本当に希の声がはっきりと聞こえてくるような、そんな姿《すがた》だった。

希は決してぼくの期待を裏切《うらぎ》らない。ぼくの気持ちを希はだれよりも理解《りかい》してくれた。希には、ぼくのわくわくも、しょんぼりも、しくしくも、すべて伝わってしまうのだ。

唯《ゆい》や勇輝《ゆうき》に初めて会った時でさえ、希は相手の心を読んだのだから、日々《ひび》、寝食《しんしょく》をともにしているぼくの心なんて筒抜《つつぬ》けだろう。

ぼくと希の間に言葉は必要なかった。すきまだらけだったぼくの心を、すきまなく埋《う》めてくれる存在《そんざい》、それが希だった。

ぼくは、寝《ね》ている希のほおにチュッとキスをすると、散歩の前に宿題を片付《かたづ》けるため、ランドセルから教科書とノートを取り出した。

ふと目に飛びこんできたカレンダーを見て、大きなため息をつく。

中学受験を予定しているぼくは、五年生の夏から母さんにたのんで家庭教師《きょうし》をつけてもらっていた。

それまでは塾《じゅく》に通っていたが、希と散歩に行く時間が制限《せいげん》されてしまうのがいやで、時間にゆうずうのきく家庭教師《きょうし》に変えてもらったのだった。

合格《ごうかく》すれば、勇輝と唯と別の中学に行くことになる。去年の夏までは、大きらいな勇輝との悪縁《あくえん》が切れることが力になって、受験勉強も大いにやる気だった。でも今のぼくは、まったく受験に気が向かず、宿題にすら集中できないでいた。

希《のぞみ》がキューンと小さく鳴いて、ベッドからおりてきた。時計を見ると五時四十五分になっている。

「そろそろ涼《すず》しくなったかな。じゃあ、行くか！」

希を抱《だ》いて、ぼくは散歩に行く準備《じゅんび》をして玄関《げんかん》のとびらを開けた。

むっとする空気が、いっしゅん、ぼくと希を包む。でも家の前にのびるアスファルトの道は、すでに日かげになっていた。

「待ったぞー！」

自転車で公園の中をくるくる回っている勇輝《ゆうき》の姿《すがた》が見えた。ブランコに乗っている唯《ゆい》の姿《すがた》もある。

ぼくは希を抱《だ》きながら、あわてて公園に向かって走った。

夕暮《ゆうぐ》れが生暖《なまあたた》かい風を運んでくる。

希を少し歩かせると、ぼくらは芝生《しばふ》の上にぺたんと座《すわ》り、希を囲んでいつもと変わらない時間を過《す》ごした。

日が落ちて、暗くなり始めたころ、ぼくの前に座《すわ》っていた唯が「あれ？」と遠くの横断《おうだん》歩道を指さした。

振《ふ》り向《む》いて唯の目線のほうを見ると、ラブラドールレトリーバーを連れた男の人が通りかかるのが見える。

ラブラドールはリードではなく、胴《どう》につけるハーネスを装着《そうちゃく》していた。このあたりではめずらしい盲導犬《もうどうけん》だった。

「あれって盲導犬《もうどうけん》？」

唯の質問《しつもん》に、ぼくは盲導犬《もうどうけん》を目で追いながら答えた。

「うん。盲導犬《もうどうけん》だ。あ、あの信号、横断《おうだん》歩道わたるところ、だいじょうぶかな……」

しかし、ぼくの心配は無用のようだった。男性《だんせい》はまるで目が見えているかのように軽快《けいかい》に横断《おうだん》歩道をわたって、こちらに向かって歩いてくる。歩行速度は、目が見えるぼくらと、ほとんど変わらない。

「えー、マジかよ！　あれ見えてるんじゃないの？　目が見えないのにあんなしゃかしゃか道わたれるのかよ」

勇輝《ゆうき》が大げさにおどろいて、その人のほうを指さした。

ぼくは思わず、勇輝の指をさえぎったが、盲導犬《もうどうけん》を連れている人には指さしがわからないことに、ぼくはすぐに気づいた。

それにしても、なんという歩行スピードなのだろう。勇輝が見えているのではと言うのも無理はない。盲導犬《もうどうけん》のことはみんな知ってはいるが、実物を見るのはこれが初めてだったからだ。

「頭いいんだねえ。盲導犬《もうどうけん》って……」

ため息をつきながら、唯《ゆい》が感激《かんげき》して言った。

「でも、たいへんだよな、盲導犬《もうどうけん》。こんな暑い季節でも、飼《か》い主《ぬし》といっしょにどこへでも行かなくちゃいけないんだな。希《のぞみ》は季節ごとに、散歩時間変えてもらえるのに、盲導犬《もうどうけん》はそうはいかないよな」

「そうだね、犬がいやだと思っているのかどうか、それは犬しかわからないよなあ……。どうなんだろ？　今度、調べてみるよ」

ぼくも使役犬《しえきけん》には興味《きょうみ》があった。

「そうだ！　お前、夏休みの自由研究でそれやれよ。っつーか、おれもいっしょに仲間に入れてくれよ。な？　別に、自由研究ひとりでやらなきゃいけないってもんじゃないだろ！　いっしょにやろやろ」

「確《たし》かにそうだな……」

勇輝《ゆうき》の提案《ていあん》にぼくは乗ることにした。どうせこれから調べるのなら自由研究のテーマにすればいい。

「じゃあ、あたしも！」

「よし！　決まりだ」

勇輝が人差し指を空にかかげて、この指とまれのポーズをして言った。

ぼくが、その指に自分の指を重ねると、唯《ゆい》も続いた。

空には夏の大三角が見え始めていた。

6 三人の自由研究

「調べたいことが同じなら、三人で協力したほうがよりよい調べ学習ができると思うんです」

夏休み前にぼくは担任《たんにん》の先生にかけあって、ふつうは個人《こじん》個人《こじん》でやる自由研究を、三人で協力して調べることを認《みと》めてもらった。

三人なら二学期の研究発表に、ぼくも立候補《りっこうほ》できる。勇輝《ゆうき》と唯《ゆい》は、ぼくにそんな最後のチャンスもあたえてくれた。

夏休みに入り、ぼくは母さんにたのんで、勇輝と唯といっしょに車で盲導犬《もうどうけん》

訓練センターに連れていってもらうことにした。

訓練センターでは、スタッフの人が施設《しせつ》内を案内しながら、いろんなことを教えてくれる。犬舎棟《けんしゃとう》では盲導犬候補《もうどうけんこうほ》の生まれたばかりの子犬たちを、ガラス越《ご》しに見ることができた。

「うわー！　ちっちゃくってかわいい」

「一頭の母犬から生まれる子犬はだいたい六頭前後ですが、この中で盲導犬《もうどうけん》になれるのは一頭か二頭です」

子犬のかわいさに感激《かんげき》している唯《ゆい》の横で、案内してくれたスタッフが教えてくれた。

盲導犬《もうどうけん》として優秀《ゆうしゅう》な血統《けっとう》の親から生まれた犬でも、実際《じっさい》に盲導犬《もうどうけん》になれるのはわずか三割程度《わりていど》。ぼくは心底おどろいた。

「なれなかった犬は？」

メモをとりながら、ぼくは質問《しつもん》した。

「ふつうの家庭のペットとして、新たな飼《か》い主《ぬし》さんを探《さが》します」

スタッフが自信たっぷりに答える。

唯は、訓練や犬舎棟《けんしゃとう》の様子をスマートフォンのカメラに収《おさ》めた。

勇輝《ゆうき》はと言えば、まるで旅行にでも来たように、「かわいいな！　すげーな！　かっこいいな！」をくりかえして、はしゃいでいる。

「勇輝、お前もちゃんとメモとれよ。おたがい記録しないと、聞《き》き逃《のが》しがあるかもしれないだろ！」

「わかってる、わかってる！　おー、これが赤ちゃんのお母さんだな！」

ぼくが言っても、ペンを持った勇輝の手は一向《いっこう》に動かず、口ばかりを動かしている。はしゃぎすぎだと思ったが、学校では見せない勇輝の楽しそうな顔を見ていると、ぼくもうれしかった。

勇輝《ゆうき》がいちばん大喜びしたのは、母さんが作ってきたお弁当《べんとう》を、施設《しせつ》内の広場で食べた時のことだった。

「おばさんは料理上手だな。すっげーうまい！」

たいした料理でもないのに、おにぎりを両手に持ってほおばる姿《すがた》に、母さんはまんざらでもない様子だが、ぼくはその姿《すがた》を見ていることがちょっとつらかった。今の勇輝には、お弁当《べんとう》を作ってくれるようなお母さんはいない。

午後からは、訓練士さんによる盲導犬《もうどうけん》のデモンストレーションも見ることができた。実際《じっさい》の訓練の仕方は見ていて、とても勉強になる。勇輝はこのデモンストレーションがよほど気に入ったらしく、「すげー！」を連発して大興奮《だいこうふん》していた。

確《たし》かに盲導犬《もうどうけん》たちは訓練士さんに忠実《ちゅうじつ》で、作業も完璧《かんぺき》だ。ぼくにとってもおどろきの連続だった。

訓練センターを出て一時間ほどたち、車はすでに自宅《じたく》近くまで来ていた。はしゃぎすぎたのか勇輝は、案《あん》の定《じょう》、大口を開けて爆睡《ばくすい》していた。うるさい勇輝が静かになって退屈《たいくつ》したのか、となりに座《すわ》っていた唯《ゆい》も静かに寝《ね》ている。

しかし、ぼくだけは、頭の中がずっともやもやしたままだった。スタッフが言っていた盲導犬《もうどうけん》として活躍《かつやく》できる犬は、わずか三割《わり》という事実。

「母さん、三割《わり》なんてびっくりしなかった?」

こんな言葉が思わず助手席に座《すわ》っていたぼくの口をついて出た。

「そうね。母さんも盲導犬《もうどうけん》のことはあまり知らなかったからおどろいたけど。盲導犬《もうどうけん》になるのは、それほど難《むずか》しいってことよね。訓練士さんも言ってたでしょう? どんなにかしこくて訓練をクリアしても、盲導犬《もうどうけん》という役割《やくわり》にストレスを感じる犬は、盲導犬《もうどうけん》にはしないって」

それに関しては、ぼくも合点《がてん》がいった。犬自身に無理を強《し》いることなく、その作業を楽しくこなせることをまず合格基準《ごうかくきじゅん》にする。犬の立場に立った物の考え方で、犬のためを思っているということだ。

しかし、どうも腑《ふ》に落ちない。何か頭にひっかかることがあった。

「ぼくはさあ、なーんか納得《なっとく》できないんだよ。盲導犬《もうどうけん》になれなかった七割《わり》近い犬のことがさ」

「ちゃんと新しい飼《か》い主《ぬし》さんを募集《ぼしゅう》するって言ってたじゃない」

信号が赤に変わったのを見て、母さんがブレーキを静かにふんだ。

「合理的じゃないよな……。それって余剰《よじょう》な命ってことになるじゃん」

母さんが、びっくりした顔でぼくを見た。

赤信号でなかったら、前の車にしょうとつしていたかもしれないくらい、母さんはおどろいた顔をしている。

それくらいぼくは変なことを言ったのだろうか。

よほど疲《つか》れたのだろう。勇輝《ゆうき》と唯《ゆい》は後部座席《ざせき》で、まだぐっすりと眠《ねむ》ったままだ。


「余剰《よじょう》」。必要な分をのぞいた「余《あま》り」。

盲導犬《もうどうけん》という役割《やくわり》を課せられて生まれたのに、盲導犬《もうどうけん》になれない命を「余剰《よじょう》な命」と思うことは、それほどいけないことなのだろうか。

母さんはぼくを誤解《ごかい》していると思った。ぼくが余剰《よじょう》な命と言ったのは、去年調べた動物愛護《あいご》センターで殺処分《さつしょぶん》される犬たちと、盲導犬《もうどうけん》になれない犬が同じように思えたからだ。

行き場がなくなった犬たち……。これを余剰《よじょう》な命と言わずに、なんと言うのだろうか。

盲導犬候補《もうどうけんこうほ》から落ちた犬に新しい飼《か》い主《ぬし》が見つかるうちはいいが、それができなくなったら、あの犬たちはどうなるのだろう。

盲導犬《もうどうけん》が必要だということは、ぼくにもはっきりとわかる。訓練センターの人から、日本では盲導犬《もうどうけん》はまだまだ足りず、多くの視覚障《しかくしょう》がい者《しゃ》が盲導犬《もうどうけん》を欲《ほ》しがっていると聞いた。

ならば生まれてくる子犬が100パーセント、盲導犬《もうどうけん》としての適性《てきせい》を備《そな》えていれば、問題は解決《かいけつ》するということだ。

ほかの盲導犬《もうどうけん》育成協会のこともネットで調べてみることにした。中学に入るまでスマートフォンを買ってもらえないぼくは、必要な時は父さんのパソコンを使わせてもらっている。

自宅《じたく》に帰り、さっそく父さんの書斎《しょさい》に入ると、ぼくはパソコンを立ち上げ、検索《けんさく》キーワードに「盲導犬繁殖《もうどうけんはんしょく》」「盲導犬《もうどうけん》子犬」と打ちこんだ。

すごい数のサイトが検索《けんさく》エンジンに引っかかってくる。

めぼしいところを開いて調べてみると、協会によって盲導犬《もうどうけん》になれる確率《かくりつ》が大きく異《こと》なっている。あるところは四割《わり》、あるところは六割《わり》……。これは盲導《もうどう》犬《けん》になるための合格基準《ごうかくきじゅん》がちがうということなのだろうか？

そして、あるひとつのホームページにたどり着いたとき、ぼくの目は釘付《くぎづ》けになった。

「パートナーズドッグMIRAI《ミライ》」

サイトのトップページにはそう書かれている。盲導犬《もうどうけん》の子犬の繁殖《はんしょく》を行っているブリーダーのようだった。

当施設《しせつ》にて盲導犬候補《もうどうけんこうほ》として生まれた子犬の盲導犬合格率《もうどうけんごうかくりつ》は95パーセント。

クローン盲導犬《もうどうけん》として、優秀《ゆうしゅう》な血統《けっとう》と作業技能《ぎのう》を、そのままコピーした子犬を誕生《たんじょう》させます。

「クローン？」

初めて聞いた言葉だった。

ぼくはサイトの下へ下へと目を走らせていく。そこではクローン技術《ぎじゅつ》を使って、盲導犬《もうどうけん》だけではなく警察犬《けいさつけん》、聴導犬《ちょうどうけん》なども繁殖《はんしょく》していると書いてあった。

「そのままコピーって、どういうことなんだろう……？」

読み進めていくうちに、ぼくは鳥肌《とりはだ》が立ってきた。

クローンというのは簡単《かんたん》に言えば、遺伝子《いでんし》のコピーのことだ。元の生き物と同じ遺伝子構成《いでんしこうせい》を受けついだ個体《こたい》を、人工的につくり出せるという。ドリーと名づけられたクローン羊が誕生《たんじょう》したのは、一九九六年のことらしい。

元の生き物と同じ遺伝子構成《いでんしこうせい》を持つから、姿形《すがたかたち》はもちろん、素質《そしつ》、才能《さいのう》まで、元の生き物と同じ遺伝的特徴《いでんてきとくちょう》を受けつぐわけだ。

つまり、盲導犬《もうどうけん》として優秀《ゆうしゅう》で、活躍《かつやく》した犬のクローン犬をつくれば、生まれた子犬もほぼまちがいなく、同じように優秀《ゆうしゅう》な盲導犬《もうどうけん》になれる素質《そしつ》を持っていることになる。警察犬《けいさつけん》も、聴導犬《ちょうどうけん》も。

ページの最後までいってマウスを動かすぼくの手が止まる。そこでぼくの目はまた釘付《くぎづ》けになった。

あなたの愛するペットのクローンも誕生《たんじょう》できるのです！

その下には「ペットのクローンはこちら」というアイコンが続いている。ぼくはおそるおそる、それをクリックした。ページは「ペットのクローン」と書かれたサイトに飛んだ。


愛するペットを永遠《えいえん》に――。

あなたの大切なペットがそのままそっくり、再《ふたた》び同じ姿《すがた》で誕生《たんじょう》します！

同じ遺伝子構成《いでんしこうせい》を受けつぐため、毛色、形、持って生まれた性質《せいしつ》など、外的要因《よういん》によるもの以外はすべて同じです。まさに「命のコピー」。

お気軽にお問い合わせください。

パートナーズドッグＭＩＲＡＩ《ミライ》
コーディネーター・三村《みむら》

「命のコピー……」

ぼくはその文字から目がはなせなかった。

（希《のぞみ》のコピーもつくることができる……？）

おそろしい考えが、ぼくの頭をよぎる。

ぼくが夢見《ゆめみ》た四本足の希の姿《すがた》……。

興奮《こうふん》で体がふるえてくる。

自分でもおどろくほどの長く深い息が出て、ぼくはメールアドレスを見た。

メールなら子どもだということは、ばれない。いっしゅん、好都合だと思ったが、すぐに我《われ》に返った。父さんのパソコンから送れば、ぼくが希のクローン作成に興味《きょうみ》を持っていることが父さんにばれる。

ぼくは、父さんのパソコンからパートナーズドッグＭＩ《ミ》ＲＡ《ラ》Ｉ《イ》のホームページを印刷して、閲覧履歴《えつらんりれき》を削除《さくじょ》すると、すぐに自分の部屋《へや》にもどった。

エアコンの効《き》いた部屋《へや》のぼくのベッドの上で、希が無防備《むぼうび》にあおむけに寝《ね》ている。

野生動物は絶対《ぜったい》にあおむけになど寝《ね》ない。いつ敵《てき》におそわれるかわからないため、すぐ戦闘態勢《せんとうたいせい》に入れるよう必ずうつぶせで寝《ね》ている。動物があおむけで寝《ね》るのは、安心しきっている証拠《しょうこ》だった。

ぼくはそっと希《のぞみ》に近づき、希のおなかをなでた。希はちらっとぼくを見ると、キューンとあまえた声を出した。


翌日《よくじつ》、ぼくはさっそく勇輝《ゆうき》と唯《ゆい》に連絡《れんらく》をとった。ふたりは昼食後、すぐにぼくの家にやってきた。

「自由研究のまとめ、これからやるのか？」

「盲導犬《もうどうけん》のこと検索《けんさく》していて、すごいことが見つかった」

勇輝に聞かれて、ぼくはパートナーズドッグＭＩＲＡＩ《ミライ》のクローンのことをふたりに話した。

「へー、クローンってのは何なんだ？」

勇輝が言うと、唯も興味《きょうみ》深そうに身を乗り出してぼくを見る。

「簡単《かんたん》に言えば、遺伝子《いでんし》をコピーすることだ。命のコピーだよ」

ぼくはネットで調べたことを説明した。

「命のコピー？　なんで命のコピーと盲導犬《もうどうけん》が関係あるの？」

今度は唯が聞いた。

「つまりさ、この前、盲導犬《もうどうけん》訓練センターに行った時、盲導犬候補《もうどうけんこうほ》として生まれても、盲導犬《もうどうけん》になれるのは三割《わり》って、スタッフの人が言ってたの覚えてるだろう？」

「うん……。ずいぶん確率《かくりつ》が低いんだなあって、あたしもちょっとびっくりした」

「盲導犬《もうどうけん》として優秀《ゆうしゅう》な親から生まれた子犬でもそんな確率《かくりつ》だ。で、ぼくは、もっと合理的な方法で繁殖《はんしょく》できないか、調べたら……」

「調べたら……?」

勇輝《ゆうき》がむっくと体を乗り出して、ぼくにせまってくる。

「95パーセントってのがあった! それがクローン盲導犬《もうどうけん》だ」

「つまり盲導犬《もうどうけん》の親のコピーってわけか?」

「そういうことだ。りっぱな盲導犬《もうどうけん》のDNA《ディーエヌエー》を100パーセント受けついでいる。つまりコピーした犬だから、100パーセントってことだ」

「でも、なんで100パーセントが95パーセントになるんだよ?」

「素質《そしつ》は100パーセント受けついでも、生まれてから外因的《がいいんてき》な問題で、その確率《かくりつ》が変わってくるってことかな?」

「なんか、よくわかんねーな!」

「例えば、姿形《すがたかたち》、生まれ持った素質《そしつ》は100パーセント受けついでも、生まれてからの環境《かんきょう》やら生活習慣《しゅうかん》やら何かしらの影響《えいきょう》で、性格《せいかく》も変わることがある。だから100パーセントとはならないってことじゃない？」

唯《ゆい》がわかりやすく説明してくれたおかげで助かった。

「そういうこと。でも95パーセントって数字はほぼ完璧《かんぺき》だ。余剰《よじょう》な命は生まれないと言ってもいい。これは画期的だなとぼくは思ったんだ」

「いやな言い方するんだね、田川《たがわ》君。余剰《よじょう》な命だなんて」

唯が顔をしかめていう。

「だって、そうだろう？　盲導犬《もうどうけん》のために無理やり繁殖《はんしょく》させて生まれたのに、盲導犬《もうどうけん》としての使命を果たせなかった。これは、余《あま》りみたいなもんだ」

「でもさ、訓練士さんは、盲導犬《もうどうけん》になれなくてもペットとして新しい飼《か》い主《ぬし》さんを探《さが》すって言ってたじゃん」

唯《ゆい》は少しむっとしたような口調になってきた。

「それもたいへんな手間だ。そもそも盲導犬失格《もうどうけんしっかく》の犬を飼《か》う余裕《よゆう》のある人間がいるなら、愛護《あいご》センターで殺処分《さつしょぶん》される犬たちを救ってくれって言いたいよ。つまり、盲導犬失格《もうどうけんしっかく》の犬は、そういった処分《しょぶん》される犬たちの命のいすまでも、うばっていることになる」

「なんか、きょくたんだなあ、お前……」

勇輝《ゆうき》があきれた様子で言った。

「クローンなら、余剰《よじょう》な命は生まれない。みんな使命を果たせる能力《のうりょく》を備《そな》えて盲導犬《もうどうけん》になれるんだ。合理的かつイケてるやり方だ」

「うーん、でもなんかピンとこないなあ」

勇輝は興味《きょうみ》なさそうに床《ゆか》に寝転《ねころ》がった。

「あたしも命のコピーなんて、やっちゃいけないと思うよ」

唯が顔をしかめたが、ぼくはそれを無視《むし》して続けた。

「ところで、本題は盲導犬《もうどうけん》のことじゃない。実はこのクローン盲導犬《もうどうけん》を繁殖《はんしょく》しているパートナーズドッグMIRAI《ミライ》は、ペットのクローンもビジネスとして請《う》け負《お》ってる」

「それが何だ？」

勇輝に聞かれて、ぼくはとなりで寝《ね》ていた希《のぞみ》を指さした。

「お前！」

「見たくないか……、四本足で走る希……」

7 新たな可能性《かのうせい》

唯《ゆい》のスマートフォンを借りてぼくがパートナーズドッグMIRAI《ミライ》に送ったメールの返信は、翌日《よくじつ》すぐに届《とど》いた。

田川航《たがわわたる》さま

このたびは、ペットのクローンへのお問い合わせ、まことにありがとうございます。

まず、田川さまからのご質問《しつもん》にお答えいたします。

田川さまの愛犬、希《のぞみ》ちゃんは、後ろ足が切られてないとのことですが、これは生まれた後のけがで先天的なものではありませんので、クローンとして誕生《たんじょう》する子犬は、ちゃんと四本足で生まれてきます。それ以外はすべて希ちゃんと同じ姿形《すがたかたち》の子犬です。生き写しです。田川さまがおっしゃっていた希ちゃんの走る姿《すがた》を、クローンの子犬が実現《じつげん》してくれるでしょう。

クローンの誕生《たんじょう》には、体細胞《たいさいぼう》を用いるため、希ちゃんの皮膚細胞《ひふさいぼう》が必要となります（亡《な》くなった後の遺骨《いこつ》や、残った毛からはクローンをつくることができませんのでご注意ください）。

皮膚細胞《ひふさいぼう》は、こちらに希ちゃんを連れてきていただければ、獣医師《じゅういし》が採取《さいしゅ》いたします。問題なければその後、希ちゃんとまったく同じ姿形《すがたかたち》のもう一匹《ぴき》の希ちゃんが誕生《たんじょう》いたします。最後に費用です。

クローンドッグ一頭誕生《たんじょう》につき、三百万円をいただいております。

四本足で走る希《のぞみ》ちゃんを見られるのであれば、決して高い金額《きんがく》ではないと存《ぞん》じます。

弊社《へいしゃ》には、愛犬のクローン誕生《たんじょう》を心から喜んでおられる飼《か》い主《ぬし》さんがたくさんいらっしゃいます。彼《かれ》らはクローン犬によって、ペットロスを克服《こくふく》したのです。

クローン技術《ぎじゅつ》があれば、望めば望むだけ、愛犬を永遠《えいえん》にこの世にとどめておくことができるのです。

ぜひともご検討《けんとう》くださいませ。

田川《たがわ》さまのご連絡《れんらく》をお待ちしております。

パートナーズドッグMIRAI《ミライ》

コーディネーター・三村多恵《みむらたえ》

「三百万円だってよ。すっげーな。こんなの無理じゃん」

ぼくの横からスマートフォンをのぞき見していた勇輝《ゆうき》が、ため息をついた。

「べつに、今すぐ希のコピーをつくろうって話じゃないよ」

ぼくはぶっきらぼうに言った。

「じゃあ、何だよ！」

勇輝がいらいらしたようにどなるのを、唯《ゆい》が泣きそうな声でさえぎる。

「こんなのやめたほうがいいよ！　おかしいよ、田川君」

「今すぐどうってわけじゃない。ぼくが考えているのは、犬の寿命《じゅみょう》は平均《へいきん》十五年。ぼくが二十五歳《さい》か二十六歳《さい》になるころには、希はいなくなるだろう……。

それでも、クローン技術《ぎじゅつ》があれば希は生き返る。ずっとずっと、いっしょにいられるってことなんだ」

「希《のぞみ》が死ぬなんて、そんな悲しいこと、お前、考えるなよ！」

「いずれ向き合わなくちゃいけないことだ」

ぼくは、ミルクが死んだ時のことを思った。

ミルクが死んだ時にあれだけ悲しんだのだから、希が死んでしまったらぼくはどうにかなってしまう。それを考えただけで涙《なみだ》があふれそうになった。

しかし、勇輝《ゆうき》が言うようにまだまだ先のことだ。ぼくは頭をぶるっと左右に振《ふ》って、クローンへの思いを振《ふ》り払《はら》うと、冷静に言った。

「自分の犬を看取《みと》るのは飼《か》い主《ぬし》の責任《せきにん》だよ。さけて通ることはできない」

「犬を置いて飼《か》い主《ぬし》が死んじゃったら、それこそ不幸よね。ペットは飼《か》い主《ぬし》がいなくちゃ生きていけないもん……」

唯《ゆい》が同意するようにうなずく。

「まあ……、希のクローンのことは、どんなものか少し興味《きょうみ》を持っただけだよ。自由研究の盲導犬《もうどうけん》のことにもどろう!」

ぼくがうながすと、ふたりとも納得《なっとく》したのか、ぼくらはその後、盲導犬《もうどうけん》訓練センターで撮影《さつえい》した写真をプリントしたり、取材内容《ないよう》をまとめたりする作業に集中した。

夏休みが終わり、学校が始まると、ぼくらは自由研究の発表に立候補《りっこうほ》した。立候補者《りっこうほしゃ》が多い場合は、くじ引きになるが、今年の立候補者《りっこうほしゃ》はぼくら以外、ふたりしかいなかった。

研究発表の授業《じゅぎょう》は公開授業《じゅぎょう》で、保護者《ほごしゃ》が参観に来る。幸《さいわ》い発表日は父さんの病院が休診日《きゅうしんび》の水曜日だった。うちは父さんと母さんがふたりそろって参観に来てくれた。

勇輝《ゆうき》のお母さんは当然、来るはずがなかった。唯《ゆい》のお母さんも仕事で来ることができない。

勇輝と唯は、両親が参観に来ているぼくに、発表をゆだねた。これはかなり緊張《きんちょう》する。何しろ人前で話すのが苦手だし、自由研究の発表はこれが初めてで、両親はじめ、ほかの保護者《ほごしゃ》も参観に来ている。

でもぼくは去年とはすっかり変わった自分を、クラスメートや先生、そして何より父さん、母さんに見てほしかった。

思い切り自分に気合いを入れて、ぼくは席に着いた。

「それでは、自由研究発表を行います！　きりーつ！　礼！　着席」

日直の声でみんながあいさつすると、ぼくらはすぐに教壇《きょうだん》に向かった。

勇輝と唯が、発表内容《ないよう》を書いた模造紙《もぞうし》をマグネットで黒板にはる。

その間にぼくは発表内容《ないよう》をまとめたノートを開いて、心の準備《じゅんび》をした。

「準備《じゅんび》オーケーです」

勇輝のかけ声にぼくはうなずき、大きく深呼吸《しんこきゅう》して顔をあげた。

「えー、ぼくたち三人が共同で行った自由研究の発表を行います。テーマは人のために働く盲導犬《もうどうけん》の一生についてです」

言いながらぼくは、模造紙《もぞうし》にはられた写真を指さして、盲導犬《もうどうけん》の誕生《たんじょう》から順番に説明することにした。

「ぼくらが取材に行った盲導犬《もうどうけん》訓練センターでは、年間二百頭の子犬を繁殖《はんしょく》させています。でも盲導犬《もうどうけん》になれる犬は30パーセントで、わずか六十頭しかいません」

「えー、そんなに少ないんだ……」

しゅんかん、教室内にざわめきが広がる。

「はーい、質問《しつもん》。残りはどうなるんですか？　盲導犬《もうどうけん》になれなかった犬は？」

「ちゃんと家庭のペットとして飼《か》ってもらえるよう、新しい飼《か》い主《ぬし》を見つけるそうです」

ぼくが答えると「見つからなかったら？」と、また質問《しつもん》が来た。

「見つからないことは今までないそうです」

「ふーん……。どんどん生まれても、たった三割《わり》しか盲導犬《もうどうけん》として役に立たないなんてなあ」

みんなが個人《こじん》の感想をぶつぶつと言い始めたので、ぼくは「えへん」と大きくせき払《ばら》いしてみんなの集中を取りもどした。そして自分で調べたことを切り出した。

「ところが……、調べてみると繁殖《はんしょく》した子犬のうち、盲導犬《もうどうけん》として95パーセントの合格率《ごうかくりつ》をほこるブリーダーがいたんです」

「えー、すっごいじゃん！　それって天才！」

みんなが一斉《いっせい》に声を出す。

この声でぼくは調子があがった。

「それはクローンの盲導犬《もうどうけん》です」

あれほどざわついていた教室が、いっしゅんで水を打ったように静まり返る。

その静寂を破《やぶ》るように、ぼくは発表を続けた。

「盲導犬《もうどうけん》としてかがやかしい成績《せいせき》を収《おさ》めた親犬の細胞《さいぼう》から生まれた、いわば命のコピーです。コピーなので親の遺伝子《いでんし》をそのまま受けついでいます」

「すごいー！　でもなんで１００パーセントじゃなくて95パーセントなの？」

「遺伝子構成《いでんしこうせい》が同じでも、記憶《きおく》は受けつぎません。生まれてからの環境《かんきょう》や体験のちがいで、多少変わってくるからです」

「じゃあ、生まれてから、その犬の親と同じ環境《かんきょう》で同じ訓練士さんに訓練を受ければ、だいじょうぶってこと？」

クラスメートのひとりが興味《きょうみ》深そうに聞いてくる。

「可能性《かのうせい》としてはそういうことが言えます」

自分でも信じられないほどすらすらと、ぼくはしゃべった。

「じゃあ、盲導犬《もうどうけん》になれなくて余《あま》る犬は、百頭のうち五頭だけってこと？　それってすごいね」

「すごーい！　画期的！」

方々《ほうぼう》から声があがる。

「余《あま》った犬、つまり余剰《よじょう》な命がほとんど生まれないという点では、画期的かつ合理的と言えます。余剰《よじょう》な命の行き場、つまり新しい飼《か》い主《ぬし》を探《さが》す必要がなくなるわけですから」

次のしゅんかん、参観していた保護者《ほごしゃ》の中から「はい！」と声があがった。

担任《たんにん》の先生がびっくりして教室の後ろを見る。父さんだった。

「ちょっと、一言《ひとこと》いいですか？」

「ど、どうぞ……」

先生がえんりょがちに言った。

「参観者が意見を言うべきではありませんが、わたしは獣医《じゅうい》で、犬や猫《ねこ》の命を預《あず》かる仕事をしています。その立場から言わせていただくと、命の余《あま》りとか、余剰《よじょう》な命という考え方はまちがっていると、この場で申し上げておきたい」

ぼくが唖然《あぜん》としていると、父さんは少しおこったような顔で続けた。

「命というのは、生まれるべくして生まれてくるものです。いらない命なんてないし、この世の中に余《あま》った命はないということです。

ましてて、合理的であるという理由で自然の摂理《せつり》に反するような繁殖《はんしょく》、つまりクローンだが、これはやってはならないことです。

ほかに言いたいことはたくさんありますが、命を合理性《ごうりせい》や理屈《りくつ》で考えるのは非常《ひじょう》に危険《きけん》だということです。以上、授業《じゅぎょう》のじゃまをして申《もう》し訳《わけ》ありませんでした」

教室が再《ふたた》び静かになったが、多くの保護者《ほごしゃ》が父さんの言葉にうなずいている。

（そもそも、いらない命がないのなら、どうして希《のぞみ》のように捨《す》てられる命があるんだ！　ぼくが去年、調べたみたいに、捨《す》てられて殺処分《さつしょぶん》される命があるんだよ！）

ぼくは父さんにそう言い返したい気分だったが、さすがにそれはできなかった。ぼくがだまって下を向いていると、先生が助け船を出してくれた。

「貴重《きちょう》なご意見ありがとうございました。田川《たがわ》さん、では発表の続きをお願いします」

それからは、ぼくは盲導犬《もうどうけん》の繁殖《はんしょく》にはふれず、唯《ゆい》が撮影《さつえい》した訓練センターの写真を順番に見せながら、盲導犬《もうどうけん》の仕事や視覚障《しかくしょう》がい者《しゃ》との暮《く》らしのこと、引《いん》退《たい》してからのことなどを淡々《たんたん》と説明して発表を終えた。

出だしは上々《じょうじょう》だったぼくの気分は、どん底まで落ちこんでいた。


「なあ、お前のお父さん、おこってんのかな?」

放課後、昇降口《しょうこうぐち》のげた箱の前で勇輝《ゆうき》が心配そうに聞いてきた。

「さあな。でも関係ないよ。人それぞれ考え方はちがうってもんだ!」

「でも、あたしはおじさんの意見に賛成《さんせい》! 生まれてくる命で、いらない命なんてないよ」

唯が少したしなめるような顔でぼくを見る。

「じゃあ、今日も六時前に公園でな!」

ぼくはそれだけ言うと、そそくさと学校を出た。

かなり気分が落ちこんだ。あんなこわい父さんの顔を見たのは初めてだった。

どこか寄《よ》り道《みち》でもしたい気分だったが、希《のぞみ》のことを考えると、ぼくの足はいやでも自宅《じたく》に向かわざるをえなかった。

玄関《げんかん》を開けると、希がいつものようにしっぽをぶんぶん振《ふ》って、大歓迎《だいかんげい》してくれた。

希を抱《だ》いておでこにキスをすると、リビングから父さんがぼくを呼《よ》ぶ声がした。今日が休診日《きゅうしんび》だったことは、幸《さいわ》いではなく災《わざわ》いとなった。

希を連れてリビングに入る。

「今日の発表のことだけど……、ちょっと話があるから、そこに座《すわ》れ」

別におこられるようなことは、何もしていない。こっちも聞きたいことがあったから望むところだと、ぼくは思った。

「お前、クローンなんて調べているのか?」

父さんはおこっているようには見えない。その声はいつもどおり低くおだやかだ。

「ネットで調べてたら、たまたま盲導犬《もうどうけん》のクローンをつくってる会社を見つけたんだ。命のコピーでそのまま才能《さいのう》を受けつぐなんて、すっごく画期的だと思ったんだよ。それが悪いことなの？」

ぼくはランドセルをおろして、ソファに座《すわ》った。

「いいか悪いかを決めるのはお前だ。画期的だの、合理的などと意見を言う前に、クローンというものがどういうものなのか、きちんと調べることだ。……それと、命に余《あま》りなんてない。いらない命なんてないんだぞ」

来たなとぼくは思った。

「あ、そう！　じゃあ、ぼくも言わせてもらうけど、希はいらない命だから捨《す》てられたんじゃないの？　それと、去年、ぼくが自由研究で見学した動物愛護《あいご》センターでの殺処分《さつしょぶん》だけど、いらない余《あま》った命だから、処分《しょぶん》されちゃうんでしょ？　ちがいますか？」

思わず最後は敬語《けいご》になってしまった。それくらいぼくは自信たっぷりに、自分の意見を父さんにぶつけた。

「いらない命だから希《のぞみ》は捨《す》てられた？　ところが、どうだ？　いらないとだれかが捨《す》てた命が、今のお前にはいちばんの宝物《たからもの》になっている。希はお前にとって自分の命と同じくらい大切だろう。ちがうか？　だから、いらない命なんてない」

希のことを父さんに言われて、ぼくはぐうの音《ね》も出なかった。

「動物愛護《あいご》センターで殺処分《さつしょぶん》される犬たちも同じだ。命を命だと思わない人間が捨《す》てる。逆《ぎゃく》にそうでない人は、いつくしみ大切にする。命を大切に思えるか、思えないかは、その人の心でしかない。だから、命は平等なんだ。

どの命が大切で、どの命が大切じゃないなんて、決めることはできないんだ。航《わたる》にはすべての命を、心から大切に思える人間になってほしい」

父さんはとなりで寝《ね》ている希の頭をやさしくなでた。

希は目を開けて父さんを見上げると、しっぽを振《ふ》って首をきゅっきゅっと左右に振《ふ》った。

「航……。父さんは、航が希を救ったことをうれしく思ってる。希を心から大切にしてくれることを、ほこりに思っている。

自分の命っていうのは、自分だけの力でかがやくもんじゃない。自分と自分の周りの人たちの力があって、初めてかがやくものなんだ。

希がきらきらとかがやけるのは、お前のおかげでもあるんだぞ。逆《ぎゃく》に今の航が明らかに変わって、以前より生き生きしているのは希のおかげだ。

どんな命だってかがやくことができる。だから、いらない命なんてこの世にはない。希《のぞみ》を助けたお前なら、それくらいわかるだろう？」

説教されているのか、ほめられているのか、ぼくはわからなくなった。

「よく考えてみなさい。部屋《へや》に行きなさい」

ぼくがうなずくと、父さんは新聞を読み始めた。

希を抱《だ》いて自分の部屋《へや》へもどると、五時半を過《す》ぎている。公園では勇輝《ゆうき》と唯《ゆい》がすでに待っているはずだ。

父さんの話を聞いてもまだ納得《なっとく》できないでいたぼくは、父さんに言えなかった一言《ひとこと》を、頭の中で何度もくりかえしていた。

（父さんは、いつか四本足で走る希を見たくないの？）

希に足が四本あれば、犬の希はもっと幸せなはずだ。そして、幸せそうに走る希は、ぼくをもっともっと幸せにしてくれるはずだ。

ぼくは、見たい。

四本足で、思い切り駆《か》け回《まわ》る希を……。
ぼくはパートナーズドッグM《ミ》I《ラ》R《イ》A《》Iのプリントアウトを、机《つくえ》の引き出しの
いちばん下にしまった。
(これが必要になる日が、いつか来るかもしれない……)
そう思った。

夏休みが過《す》ぎると、三月まではあっというまだった。

(人間の一生もこうして、あれよあれよと過《す》ぎていくのかな)

人生は一度きりなんだから、悔《く》いの残らないように生きていかなくちゃいけないなと、中学を目前に、ぼくは少し大人らしいことを考えるようになっていた。

卒業式のリハーサルは、みんな熱心だった。

子どもの時の六年間は大きい。リハーサルなのに、涙《なみだ》ぐむ女子も多かった。ぼくは絶対《ぜったい》に泣かないと心に決めていたが、正直なところ、自信はなかった。

三度目のリハーサルの後、小学校最後の思い出に、冬の大三角が見たいと言い出したのは唯《ゆい》だった。冬の大三角が見られるのは三月までだから、この時期ならぎりぎり観測《かんそく》することができる。

卒業式前日の夜、ぼくら三人は公園に集まった。三人いっしょの学校で過《す》ごせるのも明日で最後だ。

ぼくは中学受験に合格《ごうかく》し、四月から四駅はなれた私立《しりつ》の学校に入学することが決まっている。今日が最後だからと親にたのみこみ、観測《かんそく》に適《てき》した夜九時に公園で落ち合うことにした。

その夜は、まるでぼくたちの卒業を祝うかのように、雲ひとつない星空が広がっていた。

三人で希《のぞみ》を連れて、ブランコから外灯の少ない芝生《しばふ》エリアを目指す。

「みーっけた」

勇輝《ゆうき》が最初に言った。

「あ、ほんと……」

唯が続く。

シリウス、プロキオン、ベテルギウスが、きれいにまたたいている。

「なんか、星見てると、いやなこと忘《わす》れちゃうね」

そう言って唯が笑う。

「これから大人になって、三人はなれても、この星を見て、ひとりじゃないんだって、がんばろうぜーって思えるよ。つらいことがあっても、なんとかなる!」

勇輝《ゆうき》が言った。

「夏にも大三角があるんだけど、ぼくはこの冬の大三角が好きなんだ」

「なんでだよ？」

「夏の大三角は二等辺三角形。でも、冬の大三角は正三角形だから」

「正三角形……、なんかその気持ち、わかるような気がする」

唯《ゆい》が希《のぞみ》をなでながら言った。

「おたがいが同じ距離《きょり》で結ばれてるようで、いいんだよ。ぼくはオリオン座《ざ》のベテルギウスがいちばん好きなんだ」

「じゃあ、お前にその星やる！　おれは、おおいぬ座《ざ》のシリウスで、唯はプロキオンでいいな？」

勇輝が勝手にそれぞれの星を決める。

「うん、いいよ！　で、希ちゃんは、あたしたちの中にかかる天の川。でしょう？　希ちゃん」

唯が希を見下ろすと、希がしっぽをぶんぶん振《ふ》って首をきゅっきゅっとかしげた。

「よーし！　これならいつでも空を見上げたら、おれたちは会える」

勇輝が自分の星、シリウスを指さした。唯がその上に自分の手を重ねる。ぼくも手をのばし、唯の手をしっかり包んだ。

明日、ぼくたちは小学校を卒業して、大人への一歩をふみ出す。

一度きりの人生だ。後悔《こうかい》はしたくない。

大人になれば、やりたいことは、何でもできる。

そんな希望をぼくは抱《いだ》いていた。

8 決意

その日は、気象観測《かんそく》始まって以来の寒い朝だった。

午前中の診察《しんさつ》を終えた獣医師《じゅういし》の田川航《たがわわたる》は、自宅《じたく》にもどるとすぐにパソコンを開いた。

パートナーズドッグMI《ミ》RA《ラ》I《イ》。

あの日から十五年たった今でも、パートナーズドッグMI《ミ》RA《ラ》I《イ》という会社は存続《そんぞく》していた。しかし、あのころ、トップページでうたわれていた盲導犬《もうどうけん》ブリーダーという文字は、どこにもなかった。

警察犬《けいさつけん》も聴導犬《ちょうどうけん》も、使役犬《しえきけん》に関する案内は一切ない。代わりに埋《う》めつくされていたのは、ペットのクローン情報《じょうほう》だった。

ホームページによれば、クローンペットの作成依頼《いらい》は、年々《ねんねん》増《ふ》え続《つづ》け、会社は急成長。クローン犬の繁殖率《はんしょくりつ》は格段《かくだん》に上がり、愛犬を失った飼《か》い主《ぬし》たちが次々《つぎつぎ》と、そのクローンを求めているとうたっている。

クローンペットは、飼《か》い主《ぬし》たちの大きなペットロスを穴埋《あなう》めする「いやしのビジネス」になっていた。

クローンペットは、死別の悲しみから立ち直るグリーフケアの一環《いっかん》です。
クローンペットをつくった飼《か》い主《ぬし》さまたちの喜びの声をお聞きください。

その下に、何十人もの飼《か》い主《ぬし》の喜びの声が続いていた。

十五年前の夏休み、クラスメートの永瀬唯《ながせゆい》のスマートフォンからメールを送ったことが、昨日のことのように思い出される。

あのころの希《のぞみ》はまだ一歳《さい》で、元気いっぱいだった。

自分は希といっしょに青春時代を送ってきた。希がいたから、友達ができた。希がいたから、自分は変わることができた。希がいたから、つらいことがあっても前に進むことができたのだ。

大学を出て獣医師《じゅういし》になった航《わたる》は、父親の病院で勤務医として働いている。病院に希に似《に》た小さな柴犬《しばいぬ》が診察《しんさつ》にやって来ると、希恋《こい》しさに航は涙《なみだ》をこらえることができないでいた。

メールに最初の一文字を打ち始めたしゅんかん、再《ふたた》び航のほおに涙《なみだ》がとめどもなく流れてきた。

パートナーズドッグＭ《ミ》Ｉ《ラ》Ｒ《イ》Ａ御中《おんちゅう》

用件《ようけん》のみにて失礼いたします。

貴社《きしゃ》、ホームページを拝見《はいけん》して、クローン犬について、問い合わせをさせていただきました。

実は十五年ほど前にも一度、問い合わせをさせていただいたことがありますが、その愛犬が老衰《ろうすい》で、一週間前に十六年の生涯《しょうがい》を閉《と》じました。

その犬のクローンをお願いしたいのです。

わたしは獣医師《じゅういし》という職業《しょくぎょう》についているため、愛犬が亡《な》くなった直後、病院で皮膚細胞《ひふさいぼう》を採取《さいしゅ》し、そのまま凍結保存《とうけつほぞん》しております。

それを貴社《きしゃ》まで持参すれば、クローン子犬をつくることができるでしょうか。

その点も含《ふく》め、今後の必要な手続きと費用をお知らせください。
なにとぞ、よろしくお願いいたします。

田川航《たがわわたる》

希《のぞみ》が息を引き取ったのは、寒さがいちだんと厳《きび》しくなった年明けの深夜のことだった。

十六歳《さい》を過《す》ぎていた希は、航の腕《うで》の中で眠《ねむ》るようにその時を迎《むか》えた。

「希……、希……」

航が希を抱《だ》きかかえ、そっと呼《よ》びかけると、希は目を開けて航を見た。

いっしゅん、希のひとみが大きく開いたが、「ふうう……」という大きなため息とともに、すべての動きが止まった。だれが見ても納得《なっとく》する大往生《だいおうじょう》だった。

「……希、ありがとうな。ありがとう……、本当にありがとう……」

感謝《かんしゃ》の言葉以外、航には何も思《おも》い浮《う》かばなかった。次のしゅんかん、体ががたがたとふるえだした。

頭の中が真っ白になり、わけのわからない不安とあせりが航の頭を支配《しはい》した。

希がいない人生……。

そんなもの、航にはありえなかった。

希が息を引き取った直後、父にないしょで航は希の体から皮膚《ひふ》細胞《さいぼう》を採取《さいしゅ》すると、知り合いの動物病院にたのみこんでそれを凍結《とうけつ》保存《ほぞん》した。

(獣医師《じゅういし》という仕事についてよかった……)

この時は心底そう思った。

「希……、またすぐ会える、必ず。ずっとずっと、これからもいっしょだ……」

いよいよこの時が来たのだ。

小学校六年の夏休みに初めて知った、クローン犬。希《のぞみ》にもう一度会うことができる唯一《ゆいいつ》の手段《しゅだん》。そして、よみがえった希は、四本足を持って生まれてくるのだ。

パートナーズドッグMIRAI《ミライ》からの返事は、その日のうちに届《とど》いた。

田川航《たがわわたる》さま

このたびはクローン犬のお問い合わせ、まことにありがとうございます。田川さまが獣医師《じゅういし》で愛犬さまの皮膚細胞採取《ひふさいぼうさいしゅ》後、凍結保存《とうけつほぞん》されているとのこと。それを弊社《へいしゃ》までお持ちいただければ、クローン子犬を提供《ていきょう》できるものと存《ぞん》じます。

以前、死後一か月たった凍結保存《とうけつほぞん》した遺体《いたい》の体細胞核《たいさいぼうかく》から、クローン子犬を誕生《たんじょう》させた成功例もありますので、まず問題ありません。

費用ですが、子犬一匹《ぴき》につき三百五十万円となります。

ご希望であれば、なるべく早く愛犬さまの凍結皮膚細胞《とうけつひふさいぼう》を弊社《へいしゃ》までお届《とど》けください。

クローン子犬が田川さまの喪失感《そうしつかん》を改善《かいぜん》する特効薬《とっこうやく》となり、田川さまの未来を必ずや喜びへ導《みちび》いてくれることと存《ぞん》じます。

お返事お待ちしております。

パートナーズドッグMIRAI《ミライ》
コーディネーター・三村《みむら》

（あれから十五年もたっているのだから、値段《ねだん》があがるのも当然か……）

獣医師《じゅういし》になって三年ほどしかたっていない航《わたる》にとっては、かなりの大金だ。それがクローンをつくるのに、高いか安いかはわからなかったが、それだけの大金を出してでも、愛犬のクローンを誕生《たんじょう》させたいと願う飼《か》い主《ぬし》が多くいるということだった。

「三村《みむら》……？　あの時と同じ名字だ。あれから十五年もたつのに、三村というコーディネーターはまだ働いているのか。ベテランだな」

希《のぞみ》の死が現実《げんじつ》にせまるにつれ、航はどんなことをしてでも、希のクローンをつくる決心だった。その気持ちは希が死んで、よりいっそう強くなっていた。

パートナーズドッグＭＩＲＡＩ《ミライ》の三村にすぐ連絡《れんらく》すると、航は希の皮膚細胞《ひふさいぼう》をなるべく早く自分の手で持っていきたいと伝えた。

賽《さい》は投げられた。希の皮膚細胞《ひふさいぼう》と大金を払《はら》えば、希はよみがえるのだ。しかも、ちゃんと四本の足を持って……。

これでいいのだ。

航は自分にそう言い聞かせると、スマートフォンを取り上げ、アドレスをスクロールして永瀬唯《ながせゆい》と書かれたところで手を止めた。

小学校を卒業して、中学が別々《べつべつ》になっても、唯や勇輝《ゆうき》とは連絡《れんらく》をとり、都合が合えば希の散歩で公園で落ち合っていた。

それぞれが大学に入ってからは、いそがしくあまり会うことはなくなっていたが、希が亡《な》くなったと連絡《れんらく》をした時は、勇輝も唯も仕事でいそがしいなか、駆《か》けつけていっしょに泣いてくれた。

ふたりなら自分の気持ちをわかってくれるはず……。

航は、スマートフォンの発信ボタンを押《お》した。

呼《よ》び出《だ》し音《おん》がしばらく流れ、唯《ゆい》の声が聞こえた。

「ああ、おれだけど……、今、電話だいじょうぶ？」

「うん、だいじょうぶ。……希《のぞみ》ちゃんのこと、少し落ち着いた？」

唯は、希を失った航《わたる》を心配しているようだった。

「いや……、あのさ、実は言っていなかったんだけど……、久《ひさ》しぶりに公園で会わないか。話がある」

「いいよ。何時にする？」

「動物病院の午後の診察《しんさつ》があるから、夜の九時ごろ。勇輝《ゆうき》にも仕事が終わっていたら来てくれと伝えてくれないか？」

「自分で電話すればいいのに」

唯は言ったが、航のしずんだ声を察したのか、すぐに「わかった」と言った。

「じゃあ、夜……」

天気予報《よほう》によると今夜は快晴《かいせい》だが、放射冷却《ほうしゃれいきゃく》の影響《えいきょう》で厳《きび》しい冷えこみとなるようだ。

今夜の冬の大三角は、いっそうかがやきを増《ま》すだろう。そう思いながら、航は午後の診察《しんさつ》の準備《じゅんび》のため、父親の経営《けいえい》する動物病院へと向かった。

午後の診察《しんさつ》を八時に終え、航は後片付《あとかたづ》けをしてすぐに公園にあるブランコへと向かった。

唯が手ぶくろをはめマフラーを巻《ま》いた姿《すがた》で、ブランコに座《すわ》っている。

「ごめん。最後の診察《しんさつ》が長引いちゃって少し遅《おそ》くなった。勇輝はまだ?」

「さっき連絡《れんらく》があって、夕方から急ぎの会議が入ったから、今日は来られないって」

勇輝は大学を出て、ひとり暮《ぐ》らしをしながら、食品メーカーの営業《えいぎょう》マンとして働いていた。

「そうか、みんないそがしいよな……。唯《ゆい》もいそがしいだろ、ごめん」

「そんなことないよ。年度末以外、残業もないし」

唯は大学を卒業して資格《しかく》をとり、小さな会計事務所《じむしょ》で公認《こうにん》会計士として働いていた。

「それより、田川《たがわ》君、だいじょうぶ……？　気持ちは少し落ち着いた？」

希《のぞみ》を失った航《わたる》を気遣《きづか》うように、唯はおだやかな声で言った。

「うん、だいじょうぶ……。それより話したいことがあって呼《よ》んだんだ」

航は言うと、ブランコから芝生《しばふ》のほうへと歩き始めた。

唯もブランコから飛《と》び降《お》りて、航の後ろに続いた。

「何かあった？」

「……」

「田川君……？」

「……パートナーズドッグって会社、覚えてるか？」

とつぜん言われて、唯は首をかしげた。

「小学校六年の時に、クローン犬のことで、唯のスマホ借りてメールしたことあっただろ？」

自由研究で盲導犬《もうどうけん》のことを調べている時に、航が見つけたサイトだということを、唯はすぐに思い出した。

「ああ。早いね、あれからもう十五年か……」

「……つくろうと思う」

「え？」

「希のクローンだ」

次のしゅんかん、後ろから腕《うで》を強くつかまれた航は、おどろいて立ち止まった。

振《ふ》り向《む》くと、唯《ゆい》のおそろしい顔がせまっていた。

「何考えてるの？　気持ちはわかる……、でも、そんなの、まちがってるよ！」

「もう決めたんだ。これは相談じゃなくて報告《ほうこく》だ」

航《わたる》が唯の手を振《ふ》り払《はら》う。

「自由研究で発表した時に、あんた、自分のお父さんに言われたこと忘《わす》れた？　クローンはやってはならないことだって。合理性《ごうりせい》や理屈《りくつ》で命を考えるのは危険《きけん》だって！」

「クローンに必要な希《のぞみ》の皮膚細胞《ひふさいぼう》も採取《さいしゅ》して、凍結保存《とうけつほぞん》してる。獣医《じゅうい》でよかった。でなきゃ、希の死体ごと凍結保存《とうけつほぞん》して、パートナーズドッグまで運ばなくちゃならないところだった。さすがにそんなことはしたくない」

「本気？　おかしいよ！　絶対《ぜったい》にダメだよ、田川《たがわ》君！」

唯が大声でたしなめるが、航は無表情《むひょうじょう》のまま立ちつくしている。

「どうしてわかってくれないんだ。唯だって、小学校のころ言ってただろう？もし、希に四本足があったら、走れたらって……。おれたちはもう大人だ。今ならその願いを現実《げんじつ》にかなえることができるんだ！」

「クローンは希ちゃんじゃないんだよ。希ちゃんとそっくりだということだけ。希ちゃんとはちがう」

唯は泣きながら言った。唯の首からマフラーが落ちた。

「ほら、希がいなくなったら、こうなるんだ……。希がいたころは、けんかなんてしなかった。希がいたころは、おれもお前も勇輝《ゆうき》もいつも笑ってた……」

航は泣きながら空を見上げた。

希を失ってからどれだけ泣いただろう。今はきらきらとまたたく冬の大三角がうらめしく思える。

「……クローンの希《のぞみ》ちゃんは、小学生のころのあたしたちを知らないんだよ。それでもいいの？」

「……」

「クローンの希ちゃんは、あのころの田川《たがわ》君を知らない。田川君がどう変わって、どう大人になったのかも知らないんだよ。それって希ちゃんなの？

田川君が小学校から獣医《じゅうい》さんになる今まで、ずっとずっといっしょにいた。田川君のことをすべて見てきた犬……。それが希ちゃんなんだよ！」

「でも、四本足で走る希を見ることができるんだぞ」

「だから、それは希ちゃんじゃない！　あんたの自己《じこ》満足よ！」

唯《ゆい》が声を荒《あら》らげてどなる。

「もう一度言うけど、これは相談じゃなくて報告《ほうこく》だ。明日の午後、パートナーズドッグに希の皮膚細胞《ひふさいぼう》を持っていくことになっている」

唯は航《わたる》をにらむと、ふうと息を吐《は》き出《だ》して、長い髪《かみ》の毛を左手でかき上げた。

「田川君……、もう一度、よく考えて……」

唯はそれだけ言うと、マフラーを拾って振《ふ》り返《かえ》りもせずに帰っていった。

(天の川の希がいないと、やはり三角形はくずれてなくなるんだな……)

唯の後ろ姿《すがた》を見て航は思った。

9 パートナーズドッグM《ミ》IR《ラ》AI《イ》

パートナーズドッグM《ミ》IR《ラ》AI《イ》は、N《エヌ》市から五十キロほどはなれた山中にあった。北陸新幹線《しんかんせん》でN《エヌ》市に向かう途中《とちゅう》、航《わたる》のスマートフォンはずっと鳴り続けている。むろん出る気はない。電話の相手は唯《ゆい》だった。

新幹線《しんかんせん》を降《お》り、N《エヌ》市駅前でレンタカーのかぎを受け取った航は、手元のクーラーボックスをぎゅっと抱《だ》きしめた。

(希《のぞみ》……、早くもどってこい……)

パートナーズドッグM《ミ》IR《ラ》AI《イ》までは、高速道路のない山道を通らなくてはならないため、駅から二時間近くかかる。動物病院の午前中の診察《しんさつ》を終えて、あわてて新幹線《しんかんせん》に乗った航が、会社に着いた時にはすでに午後五時を過《す》ぎていた。

入り口にはふたつの看板《かんばん》があった。

ひとつは「パートナーズドッグＭ《ミ》Ｉ《ラ》Ｒ《イ》ＡＩ」、もうひとつは「生命科学研究所Ｍ《ミ》ＩＲ《ラ》Ａ《イ》Ｉ」と書かれている。

看板《かんばん》の矢印によると、パートナーズドッグＭ《ミ》ＩＲ《ラ》Ａ《イ》Ｉは左方向。生命科学研究所Ｍ《ミ》ＩＲ《ラ》Ａ《イ》Ｉは右方向だ。

生命科学研究所は広大な敷地《しきち》だった。右手には、大きな平屋建ての建物が何《なん》棟《とう》も連なっている。そこからおびただしい数の犬の鳴き声が聞こえてくる。

航はいっしゅん、違和感《いわかん》を覚えたが、看板《かんばん》の矢印に従《したが》って左にハンドルを切りパートナーズドッグＭ《ミ》ＩＲ《ラ》Ａ《イ》Ｉの事務所《じむしょ》に向かった。

駐車場《ちゅうしゃじょう》に車を止めてエンジンを切ったとたん、マナーモードにしていたスマートフォンがふるえた。

「唯《ゆい》。またあいつか……」

今度は電話ではなくLINE《ライン》のようだ。スマートフォンを手にとると、航《わたる》はめんどうくさそうにそのメッセージを見た。


田川《たがわ》君、星野富弘《ほしのとみひろ》さんという詩人を知っていますか？

わたしのお母さんがとても好きな作家さんなので、うちにも星野さんの詩集がたくさんあります。


「何なんだ、これ？」

航は、わけがわからず続きを読んだ。

その中にこんな詩があるので、送ります。

「わたしは傷《きず》を持っている　でも　その傷《きず》のところから　あなたのやさしさがしみてくる」

希《のぞみ》ちゃんは、人間に傷《きず》つけられ、心に傷《きず》を持って田川君やあたしや野崎《のざき》君と出会った。

そんな希ちゃんだからこそ、あたしたちの心の中が見えたのではないですか？

あたしたちの心に寄《よ》り添《そ》うことができたのではないですか？

あなたがつくろうとしている希ちゃんに、その痛《いた》みがわかりますか？

やさしさがわかりますか？

「何だこれ？　意味がわからない。そもそも、あいつに希の何がわかるんだ。

希《のぞみ》を救ったのはおれだぞ。おれが希の飼《か》い主《ぬし》なんだぞ……」

航《わたる》は独《ひと》りごちると「ちぇっ」と舌打《したう》ちして、スマートフォンを座席《ざせき》に放り投げた。

車を降《お》りて玄関《げんかん》に入ると、受付で声をかけるまでもなく、「田川《たがわ》さま、お待ちしておりました」という声が聞こえた。

三村《みむら》と名乗る女性《じょせい》が名刺《めいし》を差し出して笑顔《えがお》を向けている。四十歳《さい》くらいだろうか。

三村はちらっと航が右手に持っていたクーラーボックスに目をやると、うなずいて「こちらにどうぞ」と、受付のとなりにある個室《こしつ》に航をうながした。

航は軽く会釈《えしゃく》すると、応接間《おうせつま》のごうかないすに腰《こし》をおろした。

「クローンの盲導犬《もうどうけん》の繁殖《はんしょく》は、その後どんな状況《じょうきょう》ですか？」

航は子どものころ調べた盲導犬《もうどうけん》の繁殖《はんしょく》について質問《しつもん》した。すでにホームページ上から消えていたことが気になっていた。

「盲導犬《もうどうけん》のクローンは現在《げんざい》つくっておりません。使役犬《しえきけん》のクローンはこれからの時代、需要《じゅよう》が減《へ》っていくでしょう。なぜなら、今はAI《エーアイ》がその役割《やくわり》を果たしてくれるからです」

三村が言うには、盲導犬《もうどうけん》と同じ役割《やくわり》をプログラムされたロボットが、今後、視覚障《しかくしょう》がい者《しゃ》の目の代わりを果たすだろうということだった。

「そのほうがずっと合理的です。えさもいらないし、世話も必要ない。AI《エーアイ》ですから、定期的にメンテナンスをすれば寿命《じゅみょう》も引退《いんたい》もない。それでいて盲導犬《もうどうけん》以上に的確《てきかく》に仕事をこなしてくれる。

コストパフォーマンスの高さからいえば、生きている犬と比《くら》べ物《もの》になりません。これからは盲導犬《もうどうけん》の代わりは、すべてロボットとなるでしょうね。

そうなると弊社《へいしゃ》は勝てません。弊社《へいしゃ》はIT《アイティー》企業《きぎょう》ではなく、あくまでも生命科学研究所MIRAI《ミライ》が母体の会社ですから」

「それでは、今はペットのクローンが主体ということですか」

「はい。盲導犬《もうどうけん》もペットもやることはまったく同じ。例えば田川《たがわ》さまの例でご説明しましょう。

まず、卵子提供《らんしていきょう》するメス犬の卵子《らんし》からDNA《ディーエヌエー》を取《と》り除《のぞ》き、そこに田川さまの愛犬、希《のぞみ》ちゃんの皮膚《ひふ》からとった細胞核《さいぼうかく》を入れて、クローン胚《はい》を分裂《ぶんれつ》させます。それを代理母犬の子宮にもどせば、二か月後には代理母犬が子犬を生むというわけです」

航《わたる》は、何も言わずだまって三村《みむら》の話を聞いていた。

「盲導犬《もうどうけん》もペットのクローンも、誕生《たんじょう》のプロセスはまったく同じですが、盲導《もうどう》犬《けん》とペットには大きなちがいがあります。

それはクローンに対するオーナーさまの心です。盲導犬《もうどうけん》は仕事ができなくなれば、視覚障《しかくしょう》がい者《しゃ》のユーザーは、新しい盲導犬《もうどうけん》を得て古い盲導犬《もうどうけん》は引退《いんたい》する。それが盲導犬《もうどうけん》の使命です。

仕事をすることが大前提《だいぜんてい》です。だからもっと合理的に仕事をこなせる、よい代替案《だいたいあん》があれば、そこに移行《いこう》するのは当然です」

「つまり、その代替案《だいたいあん》がAI《エーアイ》、ロボットだということ？」

「そのとおり。でも、ペットはまったくちがいます。よくありますよね。愛犬が亡《な》くなったらその子と同じ犬種をまた飼《か》い、似《に》た子を選び、同じ名前をつける。便利さや作業とはまったく関係ない無償《むしょう》の愛。それが人間がペットに寄《よ》せる感情《かんじょう》です。

そして、その願いを成就《じょうじゅ》させる頂点《ちょうてん》がクローンペットなんです。愛してやまないわが子のコピーです」

「わが子のコピー……」

「そう！　まさに命のコピーです」

航《わたる》は話を聞きながら、ひざの上に置いたクーラーボックスを抱《だ》きしめた。

「わたしたちはその願いをかなえることをモットーとしています。事実、この十年間で、千頭以上の犬猫《いぬねこ》のクローンペットを世の中に送り出しております」

航は三村《みむら》の話を聞きながら少し嫌悪感《けんおかん》を覚えたが、その感情《かんじょう》が何なのか答えは出なかった。

それから航はクローン作成に関する説明を受けると、契約書《けいやくしょ》にサインし、クーラーボックスを三村に手渡《てわた》した。

「代理母の状態《じょうたい》にもよりますが、順調にいけば約二か月後には、希《のぞみ》ちゃんが誕《たん》生《じょう》します。今後のことは、またメールでご連絡《れんらく》差し上げます」

三村はそう言うと立ち上がって、ていねいにこしを折り曲げ、頭を下げた。

見送られて玄関《げんかん》を出ると、遠くに大きな建物が見える。入り口の看板《かんばん》から反対方向に見えたのと同じ建物だった。

「あれは……？」

「あれは生命科学研究所M《ミ》I《ラ》R《イ》A《》Iのシェルター。つまり飼育施設《しいくしせつ》ですね」

三村が答えた。

「犬のシェルターですか……」

だから犬たちの鳴き声が聞こえたのかと、航は思った。

「代理母となる犬。それから卵子《らんし》を提供《ていきょう》する犬たちを飼育《しいく》している犬舎《けんしゃ》です。そうですね、現在《げんざい》五百頭くらい飼育《しいく》していますよ。犬舎《けんしゃ》のとなりには猫《ねこ》用の飼育棟《しいくとう》。こちらは猫《ねこ》のクローン用の代理母と卵子提《らんしてい》供《きょう》のための猫《ねこ》が、常時《じょうじ》四百匹《ぴき》ほどいます」

「卵子提供《らんしていきょう》……、代理母……」

航は思わず目をふせた。

クローンをつくるのに代理母が必要なことは、当たり前のことだ。なのに、このひどく大きな罪悪感《ざいあくかん》は何なのか。航《わたる》は一刻《いっこく》も早くこの場から立ち去りたかった。

「それでは、連絡《れんらく》をお待ちしております」

それだけ言うと、航は早足で駐車場《ちゅうしゃじょう》にもどり、車をスタートさせた。

N《エヌ》駅までの道のりは、ひどく長く感じられた。

途中《とちゅう》、道の駅で車を止めた航は、空を見上げた。N《エヌ》市は星空が美しいことでも知られる。航が住む首都圏《しゅとけん》とは比《くら》べ物《もの》にならないほど多くの星が空にまたたいている。

冬の大三角が目の前にせまるように大きく見える。その中にうっすらとかかる天の川が見えた。

希《のぞみ》のクローンが無事代理母から誕生《たんじょう》したと、三村《みむら》から連絡《れんらく》を受けたのは、冬の大三角が、すっかり姿《すがた》を消してひと月余《あま》りたってからのことだった。

興奮《こうふん》冷めやらぬまま、航は病院が休診日《きゅうしんび》の朝、再《ふたた》びN《エヌ》市の山中にあるパートナーズドッグM《ミ》I《ラ》R《イ》A I に向かった。着いたのは午前十一時を少し回ったころだった。

敷地《しきち》内に入ると、いやでも研究所の犬たちのシェルターが目に入る。遠くから、おびただしい数の犬たちの鳴き声が今日も聞こえた。

その犬たちがどこから来て、どのように暮《く》らしているのかはわからない。しかし、三村が以前言ったように、卵子《らんし》を摘出《てきしゅつ》され、代理母として子犬を生まされる数多くの犬がいることだけは確《たし》かだった。

航は犬たちの鳴き声をさえぎるように両手で耳をふさいで、事務所《じむしょ》の玄関《げんかん》に向かった。

「田川《たがわ》さま、お待ちしておりました」

以前と同じように声をかけるまでもなく、三村《みむら》が航《わたる》を笑顔《えがお》で出迎《でむか》える。

「この日がとうとうやってまいりましたね。おめでとうございます」

三村は笑《え》みを絶《た》やさないまま、航を応接室《おうせつしつ》に案内し、いすに座《すわ》るよううながした。

航が座《すわ》ってしばらくすると、ドアをノックする音が聞こえた。

「どうぞ！」

三村が入るよう声をかけると、「失礼します」という声と同時にとびらが開き、若《わか》いスタッフが入ってきた。

手には小さな茶色の柴犬《しばいぬ》の子犬を抱《だ》いている。

「ご誕生《たんじょう》、まことにおめでとうございます。田川さまの希《のぞみ》ちゃんです」

小さな三角の耳、少し切れ長な目、茶色い毛並《けな》み……、まさに希そのものだった。

「どうぞ、だっこしてあげてください」

航はふるえる手で子犬を受け取った。

「……のぞみ……？」

後ろ足は……、ちゃんとある。指もある。つめもある。こらえきれない涙《なみだ》がとめどなく航のほおを伝う。

「すみません……、あまりにも感激《かんげき》して」

「お客さまは皆《みな》さま、同じです。喜んでいただけて、わたしどももたいへん光栄に存《ぞん》じます」

「希、希、おかえり……」

「代理母の状態《じょうたい》もよく、順調に二か月で出産いたしました。生年月日はここに記載《きさい》されています。現在《げんざい》、生後六十五日目ですから、いちばんかわいい盛《さか》りですね」

クローンの子犬は、航《わたる》が希《のぞみ》を原っぱの中で見つけた月齢《げつれい》とほぼ同じだった。

「希……」

航が言うと、子犬は航を見上げ、鳩《はと》のように首をきゅっきゅっと左右にひねった。

「これは……、まちがいなく希です」

「ええ、もちろんです。クローンとはそういうものです」

三村《みむら》は勝ちほこったように自信たっぷりに言った。

希がよみがえったことで、すべてが元通りになった気持ちだった。

希のクローンに航は大満足だった。大金を払《はら》うだけの価値《かち》は十分にある。

航は三村に何度もお礼を言うと、一週間以内に代金三百五十万円をパートナーズドッグMIRAI《ミライ》の指定口座《こうざ》に振《ふ》り込《こ》むことを約束した。

三村は希の入ったクレートを持った航を玄関《げんかん》まで見送ると、「どうぞお幸せに」と言って、ていねいに頭をさげた。

「クローン技術《ぎじゅつ》を用いれば、希ちゃんを永遠《えいえん》に田川《たがわ》さまのお手元に置くことができます。いつかまたのご連絡《れんらく》を、心よりお待ち申し上げております」

その言葉に航はいっしゅん、どきっとした。

航は軽く会釈《えしゃく》だけすると、希の入ったクレートをそっと車の助手席に置いて、エンジンをかけた。

希は鳴き声ひとつ立てずに、クレートの中で丸まっている。その姿《すがた》は、まちがいなく希そのものだった。

三村は若《わか》いスタッフとともに、航の車が見えなくなるまで手を振《ふ》り続《つづ》けている。遠くで、シェルターにいる犬たちの鳴き声が聞こえた。

10 コピーの代償《だいしょう》

航《わたる》がクローンの希《のぞみ》を連れて帰って一か月がたっても、唯《ゆい》とは連絡《れんらく》がとれなかった。

パートナーズドッグＭＩＲＡＩ《ミライ》に行くときは、いやになるほど電話をし、メールを送りつけてきたくせに、クローンの希が生まれたことを知らせても、一切電話にも出ず、メールの返事もない。

かわいい希の写真を何度もメールで送ったが、それも無視《むし》された。そんな唯の態度《たいど》が、航はどうにも気になって仕方がなかった。

ぼくです。あれからずっと連絡《れんらく》がないので心配しています。
希の二度目のワクチンが終わったので、今日お散歩デビューさせます。
何時なら公園に来られますか？
生まれ変わった希にぜひ会ってください。

午前中の診察《しんさつ》が終わってから、航がLINE《ライン》で送ったメッセージはすぐ既読《きどく》になったが、唯からは何も返事が来なかった。夕方になっても返事はない。明らかに意図的に無視《むし》していた。

周りの変化は、唯だけではなかった。父親とも仕事で必要なこと以外、口をきかなくなった。クローンの希を連れて自宅《じたく》にもどった航に、父は異常《いじょう》なほどの嫌悪感《けんおかん》を示《しめ》した。

それでも航は動じなかった。生まれてきた命を父が「捨《す》てろ」と言うはずがなかったからだ。

航《わたる》がしたことを責《せ》めても、この世に誕生《たんじょう》してしまった新しい希《のぞみ》に罪《つみ》はない。命は平等。父ならそう思うにちがいないと計算していた。

案《あん》の定《じょう》、「お前ってやつは！」と顔をしかめて航を見たが、父はそれ以上は何も言わなかった。母も何も言わなかった。

ただふたりとも、先代の希のようにクローンの希をかわいがることはなく、不自然なほど、よそよそしかった。

そんな周囲の態度《たいど》が航の気持ちを不安にさせ、波立たせた。

唯《ゆい》のことも気にかかる。しかし、午後の診察《しんさつ》が終わって、自宅《じたく》にもどってからも、とうとう唯からの返事は来なかった。

玄関《げんかん》を開けると、希が大はしゃぎで航を出迎《でむか》えた。

「さあ、希！　今日からお散歩に行けるぞ」

航は、先代の希が子犬のころに使っていた小さな首輪とリードを取り出して、希につけてやった。

赤い布地《ぬのじ》に星の模様《もよう》がたくさんついた首輪とリード。

小学校五年生の時、天体観測《かんそく》が好きだった航が一目で気に入り、ペットショップで母におねだりしたものだった。

手にとった首輪とリードには、今でも先代の希のにおいが残っているように航には思えた。なつかしさがこみ上げてくる。

これを希につけて散歩に行き始めたころ、唯と公園でぐうぜん会った。そしてその後、勇輝《ゆうき》が公園にやってきて、希のおかげで三人はかけがえのない親友になれたのだ。

星模様《もよう》の小さな首輪とリードを見ていると、子どものころの思いで胸《むね》がいっぱいになった。そのなつかしさが、ますます今、唯に会いたいという思いを強くしてくる。

「これでよし。さあ、行くぞ」

航《わたる》が首輪とリードをつけて、希《のぞみ》の頭をなでた。

初めての首輪とリードがうっとうしいのか、希がリードをかんで引きちぎろうとする。

「こら、ダメだぞ！　これは大切な宝物《たからもの》なんだ。かむんじゃない」

航は希の口を開けてリードをはなし、希を抱《だ》いて玄関《げんかん》を出た。

そして、ふと我《われ》に返って苦笑いした。もう公園までだっこする必要などない。今の希には四本、ちゃんと足がある。アスファルトだってどこだって、歩くことも走ることもできるのだ。

（希がこうして四本足になって帰ってきたのに、この一抹《いちまつ》の悲しさは何なのだろう……）

道路に出ると、希が地面のにおいをかいで、ちょこちょこと歩き出した。

「希！　これから毎日いっぱい散歩しような。公園まで行くぞ」

笑顔《えがお》で希に言ったが、その声は自分でも不自然なほど、空元気《からげんき》のように聞こえた。

航が小走りで走ると、希がぴょんこぴょんこ、はねながら航の後を追う。

夢《ゆめ》にまで見た道路を走る希の姿《すがた》――。希は実に楽しそうだった。

希の後を追って走っていくと、公園までの道のりは、あっというまだった。

航は改めて、自宅《じたく》から公園までの距離《きょり》がこんなにも近いのだということに気がついた。

昔は八キロの希を抱《だ》いて歩いていたのだ。歩行速度は格段《かくだん》に落ちる。それを毎日、十数年続けていたのだから、航の感覚は負荷があることに慣《な》れきっていた。体ひとつで走る公園までの道は短すぎた。

四本足の希《のぞみ》といっしょに歩いているのに、物足りなささえ感じる。

公園に着くと、航《わたる》はすぐにブランコを見たが、当然、唯《ゆい》の姿《すがた》はない。

希は、そんな航の気持ちなどおかまいなしに、ぴょこぴょことはね回って航を振《ふ》り回《まわ》したあげく、興奮《こうふん》しすぎたのか、航の足にあまがみを始めた。

「いたっ!」

気が強いところは、亡《な》き希にそっくりだ。でも先代の希はその強さを威厳《いげん》というかたちで示《しめ》していた。その威厳《いげん》が周囲の人間を包みこんでいたのだ。それなのに今の希は、ただのわがまま、やんちゃ姫《ひめ》だ。

航は、亡《な》き希の思い出にひたることもできないまま、幼《おさな》い希のやんちゃぶりに付き合わされた。

唯がそのうち姿《すがた》を現《あらわ》すのではないかと思ったが、その日、唯が来ることはとうとうなかった。

唯がクローンに大反対していたことはわかっていた。それでも新たな希を見れば、以前と同じように、いっしょに笑って散歩ができると、航は根拠《こんきょ》もなく確信《かくしん》していた。

しかし、唯のいかりは、そんな生やさしいものではなかったようだ。航はさすがに落ちこんだ。

散歩が終わり自宅《じたく》にもどると、日中の仕事の疲《つか》れも重なって航はくたくたになっていた。


仕事でいそがしい勇輝《ゆうき》にようやく公園で会えたのは、それから一か月後の夜のことだった。

希を連れて、勇輝を待っている間、航は夜空をながめていた。

夏の大三角が光っている。それは物悲しい光となって、航《わたる》のひとみに映《うつ》った。

希《のぞみ》がリードをくわえて、ぶんぶん振《ふ》り回《まわ》している。元気いっぱいなのはいいが、先代の希のように人の心を読む力は、この子犬にはないように思えた。

後ろから肩《かた》をたたかれて、振《ふ》り返《かえ》ると、ビジネスーツに身を包んだ勇輝《ゆうき》が立っている。

「この子犬は？」

あいさつよりも先に、勇輝は希を見て言った。

「覚えているか？　小学校の自由研究で調べていた時に見つけたクローンの犬……。この子は希のクローンだ。そっくりだろう？」

航の言葉に勇輝が目をまんまるくして希を見る。よほどおどろいたのか、信じられないといった様子で何も言わず、口をぽかんと開けている。

航は希のクローンをつくった経緯《けいい》を一から説明した。

「……お前、本当にそんなことしたのか」

「唯《ゆい》から聞いてないのか？」

勇輝は首を横に振《ふ》って、逆《ぎゃく》に航にたずねた。

「唯は知っていたのか？」

「勇輝が仕事で公園に来られなかったあの夜、唯に話したんだ。パートナーズドッグに行く前の日だ。何度も止められたけど、おれは無視《むし》した。

そしたら、えらいおこってんのか、クローンの子犬が来てから唯からの連絡《れんらく》は一切ないし、おれからの電話にもまったく出ない」

「お前、あの自由研究の発表の時、学校でオヤジさんに言われたこと忘《わす》れたのか？」

勇輝が聞いてきた。

「お前もおこってんのか、勇輝」

「この犬は希《のぞみ》じゃない。この犬は、あのころの弱虫のお前を知らない。お前がどう変わって、大人になったのかも知らない。

そもそも、心に傷《きず》を負った希だからこそ、お前をだれよりも理解《りかい》できたし、おれや唯《ゆい》の心の痛《いた》みもわかってくれたんだ」

航《わたる》は何も言うことができなかった。勇輝《ゆうき》は唯とまったく同じことを言った。

「おれたちはもう大人なんだぞ。SF《エスエフ》の延長《えんちょう》みたいに、命のコピーに興味《きょうみ》を持っていたあのころとはちがうんだ。

命のコピーなんて、まともな人間のすることじゃない。こんなことがふつうにまかり通ったら、子どもを事故《じこ》や事件《じけん》で亡《な》くした人間の親が、わが子のクローンをつくる時代が来るかもしれない。

考えただけでぞっとするだろう？　人の命は神さまからの授《さず》かりもの。そこに人間が介入《かいにゅう》するのは倫理的《りんりてき》に問題がある。

クローンは、人間が興味《きょうみ》本位で、無理やりつくった命なんだぞ。そんなこと、獣医《じゅうい》のお前ならわかるだろう？」

希は、そんなふたりのいさかいなどまるで気にしないかのように、四本足でぴょんこぴょんこ、子犬らしくむじゃきにはね回っている。

「お前は人としてやっちゃいけないことをしたんだよ……」

勇輝の声は落ち着いていて冷静に聞こえたが、その中には深いいかりがこめられているように航には聞こえた。

航は何も言わず、だまって勇輝の話を聞いていた。勇輝の言っていることはもっともで、反論《はんろん》する術《すべ》も気持ちも、航にはなかった。

勇輝はそんな航の気持ちを見抜《みぬ》いたかのように、静かに続けた。

「それでも、この子犬に罪《つみ》はない……。それが余計《よけい》にお前の罪《つみ》になるんだよ」

勇輝はそう言うと、足元で元気にはねる希をじっと見ていた。

先代の希《のぞみ》なら、この険悪《けんあく》な雰囲気《ふんいき》をすぐに察知しただろうと航《わたる》は思った。

勇輝《ゆうき》も同じことを考えているのか、勇輝の希を見る目は先代の希を見る目とは、まるでちがっていた。

「お前は昔から頭だけはよかったけど、感性《かんせい》はにぶかったな……」

そう言い残すと、勇輝は希には一度もふれることなく帰っていった。

希と同じ顔なのに、同じ姿《すがた》なのに、同じ毛の色なのに……。

先代の希はみんなの心をひとつにしてくれて、この希はみんなの心を遠ざけていく。

希が生きてもどってきたのに、なぜこんなことになるのか……。

航はむじゃきに遊んでいる希を見つめながらつぶやいた。

「自分は今、どうしてこんなにみじめな気分になっているのだろう……」

クローンの希が、決して先代の希にはなりえないと航が認《みと》めるまで、そう時間はかからなかった。

100パーセント同じDNA《ディーエヌエー》を受けついでも、経験《けいけん》や記憶《きおく》を受けつがないクローンは、生まれてからの環境《かんきょう》や体験で、まったくちがう性格《せいかく》や習性《しゅうせい》を身につけてしまう。

クローンとして生まれた希は、成長するにつれ、先代の希とは似《に》ても似《に》つかない犬となっていった。どんなに悔《く》やんでも後の祭りだった。

そして希がガンだとわかったのは、唯《ゆい》や勇輝がはなれていってから二年が過《す》ぎたころだった。

わずか二歳《さい》でガンにおかされることなど、ふつうで考えれば不運としか言いようがない。しかし、古い遺伝子《いでんし》を受けついで誕生《たんじょう》したクローンは、寿命《じゅみょう》も短く、病気にもかかりやすいと言われていた。

先代の希《のぞみ》は十六歳《さい》まで長生きしたのだから、それだけ遺伝子《いでんし》の老化も進んでいるということだった。

病気で苦しむ希を見て、航《わたる》は自分がひどく責《せ》められているような気がした。日に日にやせていく希。食事も受け付けなくなり、つらそうな呼吸《こきゅう》をただくりかえしている。

目の前の希を見ていると、航の心の中に先代の希の姿《すがた》がよみがえってきた。十六歳《さい》という高齢《こうれい》まで病気ひとつすることなく元気で、最期《さいご》は老衰《ろうすい》で眠《ねむ》るように天国へと旅立っていった。そのなきがらはおだやかで、笑っているようにさえ見えた。

悲しみは確《たし》かに大きかったが、それ以上に航の心は希への感謝《かんしゃ》の気持ちで満たされていた。

先代の希のことを思えば思うほど、クローンに手を出したことに対する後悔《こうかい》の念がこみ上げてくる。取り返しのつかない大きな過《あやま》ちを、自分は犯《おか》してしまったのだ。

「これがクローンとして生まれた希の運命だ。わかっただろう? 自分が何をしたのか」

大泣きしながら希の容体《ようだい》を見守っていた航に、父が声をかけた。

「……わかってる。……後悔《こうかい》してる」

「希のクローンをつくろうと考える前に、クローンのためにどれほど多くの命が犠牲《ぎせい》にされるか、お前は考えたことがあるか?」

「父さん……、ごめん……」

パートナーズドッグMIRAI《ミライ》の生命科学研究所のシェルターにいた犬たちの役割《やくわり》を、航はだれよりもわかっていた。わかっていながら、見て見ぬふりをし、考えないようにしてきたのだ。

卵子《らんし》を提供《ていきょう》するドナー犬は外科手術《しゅじゅつ》で卵子《らんし》を摘出《てきしゅつ》され、卵子《らんし》が摘出《てきしゅつ》できなくなれば、その犬は「お役御免《ごめん》」でお払《はら》い箱《ばこ》となる。

そして代理母犬は人工的に妊娠《にんしん》させられ、子犬を生まされる。妊娠《にんしん》・出産をするため、若《わか》くて健康なメス犬でなければならず、役割《やくわり》を果たせなくなれば、こちらもお払《はら》い箱《ばこ》。

クローン生産の道具として飼育《しいく》された犬たちは、その役目を果たせなくなれば、みな殺処分《さつしょぶん》された。

生命科学研究所のシェルターから聞こえていた悲痛《ひつう》な犬の鳴き声が、航《わたる》の頭の中によみがえり、消えることはなかった。

「ごめん、父さん、ごめん……」

ほかの犬の命を犠牲《ぎせい》にしただけではなく、クローンは唯《ゆい》や勇輝《ゆうき》、大切な友達まで失わせたのだ。

そしてクローンの希《のぞみ》が若《わか》くしてガンにおかされるという、最も過酷《かこく》なかたちで航に追い打ちをかけてきた。

愛する犬が苦しむ姿《すがた》は、飼《か》い主《ぬし》の心をも、ずたずたに痛《いた》めつける。悩《なや》みぬいた末に、航は自ら希の体に麻酔薬《ますいやく》を注射《ちゅうしゃ》し、安楽死させる決断《けつだん》を下した。

愛する犬を自らの手で殺す。命を自分の意のままにしようとした、最も重い天罰《てんばつ》だった。

「ごめん……、ごめんな……」

幾度《いくど》となく謝《あやま》っても、亡《な》くなった希の顔は決して航を許《ゆる》しているようには見えなかった。

病から救ってくれなかった飼《か》い主《ぬし》へのいかりなのか、ほかの犬の代わりにつくられたクローンという自分の運命に対するいかりなのか、その両方なのか、それはわからない。

ただわかっているのは、クローンの希《のぞみ》は四本の足を持って生まれながらも、先代の希とはまったく逆《ぎゃく》の悲しい運命をあたえられたということだけだった。

その悲しい運命をクローンの希にあたえたのは、航《わたる》自身だった。

(天国にいる先代の希は、このおろかな飼《か》い主《ぬし》のことをどう思っているだろうな……)

すべてを失ったように、航は空を見つめた。

エピローグ　旅立ち

「ごめん……、ごめんな……」

涙《なみだ》が伝うぼくのほおが、とつぜん、温かなものに包まれた。ぼくが目を開けると、小さな三角の耳がふたつ、ぼくの目の前にあった。

「希《のぞみ》……？」

見ると、希がぼくの顔をぺろぺろとなめている。

ぼくは飛び上がって希の足を見た。後ろ足は……、やっぱりない。

ぼくはほっとして希にほおずりすると、希がぶんぶんと丸いしっぽを振《ふ》りながら、キューンと小さく鳴いた。

部屋《へや》のとびらが開いて、紺色《こんいろ》のスーツに身を包んだ母さんが入ってきた。

「航《わたる》！　あんたいつまで寝《ね》てるの？　今日は卒業式だから、遅刻《ちこく》したらたいへんよ」

「父さんは？　おこってない？」

「何わけのわからないこと言ってんの？　早く支度《したく》しなさい！」

母さんにせかされて、ぼくはベッドから飛び起きると、希《のぞみ》がぴょこんといっしょに飛《と》び降《お》りて、とことこと後ろをついてきた。

なんて生々《なまなま》しい夢《ゆめ》……。

ぼくは鳥肌《とりはだ》が立った。

「希……、希は希だ！　後ろ足がない、それがぼくの希だ！」

ぼくは希を抱《だ》き上《あ》げ、抱《だ》きしめた。今までにない愛《いと》おしさがこみ上げて涙《なみだ》があふれる。

希がびっくりしたように、ぼくを見上げて首を鳩《はと》のようにきゅっきゅっと左右に小さくひねっている。その姿《すがた》を見て、ぼくの涙腺《るいせん》はますます崩壊《ほうかい》した。

でも今は感傷《かんしょう》にひたっている場合ではない。今日は卒業式当日。遅刻《ちこく》は絶対《ぜったい》にできない。

ぼくは大急ぎでトイレに行き、顔を洗《あら》って、歯をみがき、食パンを一枚《まい》かじると、ランドセルを持ってリビングに行った。

父さんがスーツ姿《すがた》で新聞を読んでいた。

「父さんも卒業式、来てくれるの？」

今日は水曜日だった。父さんは笑ってうなずくと、ぼくの後をついてきた希を抱《だ》いて、「希も行きたいよな」と言った。

父さんはおこっていない。当たり前か……。

「父さん、今日だけは希の朝の散歩、お願い！」

そう言って両手を目の前で合わせ、ぼくは家を飛び出して学校に向かった。

卒業式は体育館で午前九時から始まった。

勇輝《ゆうき》のお父さん、唯《ゆい》のお母さんも来ている。

式が始まると、すぐに泣きだしたのは勇輝だった。唯もほかの子も泣いている。ぼくもつられて泣きたい気分だったが、卒業式では絶対《ぜったい》に泣かないと決めていた。

卒業式では、六年間でいちばん思い出に残った授業《じゅぎょう》や行事のことを、児童がそれぞれ一言《ひとこと》ずつ発表する。ぼくは、自由研究を人前で発表できたことを話した。

勇輝は、運動会のリレーのアンカーで三人ごぼう抜《ぬ》きにしてトップになったこと。唯は、自分の名前の由来を調べる宿題で、「唯一無二《ゆいいつむに》」、ただひとつの存《そん》在《ざい》という願いをこめてお母さんがつけてくれたことを、お母さんへの感謝《かんしゃ》の気持ちとともに述《の》べた。

唯一無二《ゆいいつむに》という言葉が、今日のぼくの心には重くひびいた。代わりなどいない、たったひとつ。それが命。クローンの希《のぞみ》は、希じゃない。希は、ぼくが救った希だけ。唯一無二《ゆいいつむに》の存在《そんざい》だ。

絶対《ぜったい》に泣かないと思っていたが、唯の発表で結局、ぼくも泣いてしまった。式はとどこおりなく進み、最後に人気グループいきものがかりの「YELL《エール》」をみんなで合唱した。

そのころには、泣いていない卒業生はだれもいなかった。ぼくはえんりょなく泣いた。今日で唯や勇輝ともお別れだ。

「学校がはなればなれになっても、連絡《れんらく》を取り合おうぜ！」

式が終わると、勇輝《ゆうき》が卒業証書《しょうしょ》の入った筒《つつ》でぼくの背中《せなか》をたたきながら言った。

ぼくは中学受験の合格《ごうかく》祝いに、母さんに買ってもらったばかりのスマートフォンをかばんから取り出して、「今はこれがあるから、いつでも連絡《れんらく》できる」と、自慢《じまん》げにふたりに見せた。

「やっと買ってもらったんだね」

唯《ゆい》がそれを見て、笑いながらぼくの背中《せなか》をたたく。

「ぼくら、ずっとずっと友達だよな……」

「当たり前じゃん！　どうしたの？」

ぼくが言うと、唯がちゃかすようにぼくの顔をのぞきこんで言った。

「いや……、あのさ……。ところで、唯のお母さんって星野富弘《ほしのとみひろ》って詩人のファンなの？」

「ほしのとみひろ？　だれ、それ？」

「いや、知らなきゃいいんだ！　その人の詩集がすっごくいいんだって」

「はっ、詩集だと？　かっこつけやがって！　相変わらずお前、知識《ちしき》だけは豊《ほう》富《ふ》だな」

勇輝がいつもと同じことを言いながら、大げさにため息をつく。

ふたりが昨日までと変わっていないことに、ぼくは心底ほっとした。

「まあ、その知識《ちしき》のおこぼれを、これからもおれにあたえたまえー！　学校ははなればなれになっても、公園に希《のぞみ》、連れてこいよ！」

「もちろんだよ！」

三人で笑いながら校門を出ると、父さんが希を抱《だ》いて待っていた。

「希だ――！」

勇輝が真っ先に走っていった。唯も続く。

「父さん！　希《のぞみ》、連れてきてくれたんだね」

「お前の無事の卒業をだれよりも見たいのは、希だろうからな」

ぼくは希を父さんから受け取ると、目いっぱい抱《だ》きしめた。

希のにおい、ぼくの大好きな太陽のにおい……。

「希はこれからぼくの卒業式に何回、来てくれる？」

「中学の卒業式、高校の卒業式、大学の卒業式……、そのころ、希は何歳《なんさい》だ？」

ぼくが言うと、希の代わりに勇輝《ゆうき》が指折り数えながら、ぼくを見て言った。

「えーっと、十二歳《さい》かな……？　まあ大学が四年制《せい》で、浪人《ろうにん》も留年《りゅうねん》もしなきゃって話だけどね」

「犬の十二歳《さい》はおばあちゃんだが、まだまだ希は元気なはずだ。獣医学部《じゅういがくぶ》で六年、大学にいても希は十四歳《さい》だ。きっとお前の卒業式まで元気だぞ」

父さんが言った。

「えー、ぼく、獣医《じゅうい》になるなんて言ったことないよ！」

昨日見た夢《ゆめ》を思い出して、ぼくはどきっとした。

「そうなるとさあ、希ちゃんはいじめられっ子だった田川《たがわ》君の小学校時代から、大人になるまですべてを知っているってことになるねー」

唯《ゆい》に言われて、今度はみんなに聞こえるんじゃないかと思うほど、心臓《しんぞう》が高鳴った。

勇輝にいじめられていた十一歳《さい》のぼくを知っている希。

今の十二歳《さい》のぼくを知っている希。

そして、中学、高校とぼくのことをずっとずっと、となりで見守ってくれている希が希であって、それを知らない希は別の犬だ。

大切なのは、希とこれから過《す》ごす年月の中でつくる思い出なんだ。

ぼくは校門で後ろを振《ふ》り返《かえ》ると、かぶっていた帽子《ぼうし》をぬいで校舎《こうしゃ》に向かって一礼した。勇輝《ゆうき》と唯《ゆい》がそれにならう。

ぼくの小学校生活が終わった。


「これからも公園で会おうな」

ぼくは校門で勇輝と唯に手を振《ふ》ると、父さんといっしょにまっすぐ自宅《じたく》へと向かった。

母さんが今夜は、とびっきりのごちそうを準備《じゅんび》してくれているという。

「父さん、星野富弘《ほしのとみひろ》って詩人、知ってる？」

「もちろん！　母さんが好きだから、うちの本だなにも詩集がたくさんあるけど、それがどうした？」

「あ、ううん。そうか、母さんが好きなんだ……」

夢《ゆめ》の中に出てきたのは、母さんが好きな詩人で、家の本だなにあったからだ。

ぼくの潜在意識《せんざいいしき》の中に、その本が記憶《きおく》として残っていたのだろう。

夢《ゆめ》の中で唯がLINE《ライン》で送ってきた詩の一節は、本当にあるのだろうか。

帰ったら本だなを探《さが》してみようとぼくは思った。


その夜、ぼくは、母さんお手製《てせい》のローストビーフをおなかいっぱい食べた。

希《のぞみ》も味付けをしていない、希用のローストビーフを母さんに作ってもらっていっしょに食べた。希は相変わらず食《く》いしん坊《ぼう》だ。

食事が終わると、ぼくは希を抱《だ》いて、自分の部屋《へや》にもどった。そして机《つくえ》の引き出しのおくから、大切にしまってあった数枚《すうまい》の紙を取り出した。

それは、夏休みに父さんのパソコンからプリントアウトした、パートナーズドッグMIRAI《ミライ》のホームページ。これから先も、このホームページを見ることは二度とない。ぼくは、それを小さく破《やぶ》ってゴミ箱に捨《す》てた。

時計を見ると、八時半を少し回ったところだった。希《のぞみ》を抱《だ》いてベランダに出ると、満天の星が広がっていた。今夜も冬の大三角がきれいに見える。勇輝《ゆうき》のシリウス、ぼくのベテルギウス、唯《ゆい》のプロキオン……。

「希の天の川は……」

希が眠《ねむ》そうにぼくの腕《うで》の中であくびをした。

「希、もう寝《ね》るか……」

ぼくは希をベッドにおろすと、リビングの本だなから持ってきた詩集をぱらぱらとめくった。

わたしは傷《きず》を持っている
でも　その傷《きず》のところから
あなたのやさしさがしみてくる

ぼくは希の切られた足をそっとなでた。

「希……、唯一無二《ゆいいつむに》のぼくの犬……」

希がぼくを見上げて、眠《ねむ》そうにきゅっきゅっと首をひねる。

唯一無二《ゆいいつむに》のぼくの犬。

唯一無二《ゆいいつむに》の命。


きのう見た夢《ゆめ》を、ぼくは一生、忘《わす》れない。

あとがき

『クローンドッグ』の「希《のぞみ》」には、モデルとなった犬がいます。我《わ》が家《や》の愛犬、「未来《みらい》」です。

未来は、子犬のころに両後ろ足に虐待《ぎゃくたい》を受け、捨《す》てられて、動物愛護《あいご》センターで殺処分《さつしょぶん》対象となった柴犬《しばいぬ》です。鳩《はと》のようにきゅっきゅっと首を左右にかしげるしぐさも、性格《せいかく》も、聡《そう》明《めい》さも、希は実在《じつざい》する未来、そのままです。

ちがうのは、希の負傷《ふしょう》は後ろ足だけでしたが、未来は両後ろ足に加え、右目も切られて、ひどい状態《じょうたい》で捨《す》てられていたということです。

また本書に登場する少女「唯《ゆい》」にも、モデルとなった人物がいます。今から十二年前、自《じ》宅《たく》近所の公園で、毎日ひとりでブランコに乗り、未来が散歩にやってくるのをずっと待っていた小学校三年生の女の子、M《エム》ちゃんです。M《エム》ちゃんは、父親のドメスティックバイオレンスから逃《のが》れ、遠い町から母親とふたり引《ひ》っ越《こ》してきました。父親は刑務所《けいむしょ》にいるそうです。

「未来《みらい》ちゃん、未来ちゃんもだれかにいじめられたの？　負けちゃだめだよ。わたしはどうしたらいいかな……？」

M《エム》ちゃんはわたしではなく、常《つね》に犬の未来の目を見て語り、未来に教えを乞《こ》います。

未来は、そんなM《エム》ちゃんにどんな言葉を返したのでしょう——。

人からなでられるのがきらいな未来ですが、なぜかM《エム》ちゃんのように心に傷《きず》を負った子どもにはそっと身を任《まか》せます。だまって抱《だ》かれます。未来とM《エム》ちゃんを包む空気はなんとも不思議なオーラで満たされていました。

そんなM《エム》ちゃんと未来の関係がきっかけとなり、わたしは未来を連れて小・中学校で「命の授業《じゅぎょう》」を行うようになりました。以来、子どもたちは未来を通して、大切な命のメッセージを受け取ってくれたと思います。

「お前えらいな！」と、未来をそっといたわるようになでるガキ大将《だいしょう》風の男の子。泣きながら未来を抱《だ》きしめる女の子。きらきらとひとみをかがやかせて、未来とふれ合う子どもたち——。未来が出会った多くの子どもたちのおかげで、本書に登場する人物像《じんぶつぞう》やその心の変化を迷《まよ》うことなく描《えが》くことができたのだと思います。

また、本書の核《かく》となったクローンペットは、外国で実在《じつざい》するビジネスです。愛犬を失った悲しみを埋《う》めるために、同じ犬のコピーをつくる――。

大切なペットを失った時、そのペットにもう一度会いたいと考えるのは、飼《か》い主《ぬし》の自然な心の成り行きでしょう。

人間の喪失感《そうしつかん》を穴埋《あなう》めするクローンペットの誕生《たんじょう》は、「癒《いや》しのビジネス」。クローンをつくる人も依頼《いらい》した飼《か》い主《ぬし》も、そう正当化するかもしれません。しかし、その癒《いや》しと引《ひ》き換《か》えに、代理母や卵子《らんし》を提供《ていきょう》する犬など多くの命が犠牲《ぎせい》になることを忘《わす》れてはなりません。それはまるで人身御供《ひとみごくう》です。だれかの犠牲《ぎせい》の上に成り立つ癒《いや》しなど、あっていいはずがないのです。

真の癒《いや》しとは、だれかを幸せにすることでしか得られないと思います。

愛犬を失った深い悲しみは、わたしにも痛《いた》いほど理解《りかい》できます。そう遠くない将来《しょうらい》、未来《みらい》が天国に召《め》される時のことを考えると、想像《そうぞう》しただけで涙《なみだ》が出ますが、だからと言って、未来のクローンをつくりたいなどとは絶対《ぜったい》に思いません。いや、思ってはいけないのです。

死んだ命は決してもどりません。遺伝子《いでんし》をコピーした命でもそのものには決してなりえません。もしわたしたちが、失った命への喪失感《そうしつかん》を埋《う》めるため、クローンにその姿《すがた》を重ね合わせているのであれば、コピーされたクローンの命の尊厳《そんげん》はどうなるのでしょう。だれかの代わりに生まれ、だれかの代わりに愛され、だれかの代わりに一生、影武者《かげむしゃ》として生きていく。大切なだれかのために、別のだれかの命の尊厳《そんげん》をうばう権利《けんり》はわたしたちにはないはずです。

お金さえあれば、欲《ほ》しいものの多くは手に入るこれからの時代――。欲望《よくぼう》のまま欲《ほ》しいものを手に入れるのではなく、それを手に入れることが本当に正しいことかどうかを今一度、冷静に考え、判断《はんだん》する心を養うことがわたしたちには必要です。

読者のみなさんには、本書を通して、人としての正しい判断《はんだん》とは何か、命の尊厳《そんげん》とは何かを、自身の心のものさしで測《はか》り、答えを導《みちび》き出《だ》していただければ幸《さいわ》いです。

最後に希《のぞみ》のモデルとなり、物語のヒントを与《あた》えてくれた愛犬・未来《みらい》には、この場を借りて、これからも変わらぬ愛とともに、その命尽《つ》きるまで、ずっといっしょにいると約束します。

二〇一八年十一月吉日《きちじつ》
今西乃子《いまにしのりこ》

作者　今西乃子（いまにし のりこ）

大阪府岸和田市生まれ。主に児童書のノンフィクションを手がける。

執筆のかたわら愛犬を同伴して行う「命の授業」をテーマに小学校などで、出前授業を行っている。日本児童文学者協会会員。

ノンフィクション作品に『光をくれた犬たち　盲導犬の一生』『捨て犬たちとめざす明日』『よみがえれアイボ　ロボット犬の命をつなげ』『ドッグ・シェルター　犬と少年たちの再出航』『犬たちをおくる日　この命、灰になるために生まれてきたんじゃない』『命を救われた捨て犬 夢之丞　災害救助 泥まみれの一歩』（金の星社）『かがやけいのち！　みらいちゃん』（岩崎書店）、フィクション作品に『少年 NPO「WAN PEACE」ぼくたちが犬をころさなくちゃならない日』他多数。

公式サイト　http://www.noriyakko.com/

装画　伊藤ハムスター

JASRAC 出 1812082-801

引用詩　星野富弘「傷」 出典『星野富弘全詩集 I　花と』（学研プラス）

クローンドッグ

初版発行／2018年11月　第4刷発行／2020年5月

作　今西乃子

発行所／株式会社 金の星社
〒111-0056　東京都台東区小島1-4-3
TEL　03-3861-1861（代）　FAX　03-3861-1507
振替　00100-0-64678
ホームページ　http://www.kinnohoshi.co.jp

印刷／株式会社 廣済堂　製本／東京美術紙工

222P　19.4cm　NDC913　ISBN978-4-323-07431-3

Published by KIN-NO-HOSHI SHA, Tokyo, Japan

http://www.kinnohoshi.co.jp